Anja Janotta

DIE TRABBEL-DRILLINGE

HEIMWEH-BLUES & HEISSE SCHOKOLADE

Anja Janotta

DIE TRABBEL-DRILLINGE

HEIMWEH-BLUES & HEISSE SCHOKOLADE

mit Vignetten von

Inka Vigh

cbj

Sollte diese Publikation Links auf Webseiten Dritter enthalten, so übernehmen wir für deren Inhalte keine Haftung, da wir uns diese nicht zu eigen machen, sondern lediglich auf deren Stand zum Zeitpunkt der Erstveröffentlichung verweisen.

Dieses Buch ist auch als E-Book erhältlich.

MIX
Papier aus verantwortungsvollen Quellen
FSC® C014496

Verlagsgruppe Random House FSC® N001967

1. Auflage 2018

Umschlaggestaltung: Inka Vigh
Umschlagillustration: Inka Vigh
Vignetten und Vorsatz: Inka Vigh
TP · Herstellung: AJ
Satz: Uhl + Massopust, Aalen
Druck: GGP Media GmbH, Pößneck
ISBN 978-3-570-17536-1
Printed in Germany

www.cbj-verlag.de

Prolog am Küchentisch

Eins zu 200 Millionen – so hoch ist die Wahrscheinlichkeit, als eineiiger Drilling geboren zu werden. So betrachtet dürfte es Franka von Trablinburg also gar nicht geben.

Aber es gibt sie. Falsch: Es gibt sie alle drei.

Solange Franka denken kann, gibt es sie gleich dreimal auf der Welt. Einmal in zart und schön – das ist Bella. Dann gibt es sie in 200 Millionen Mal schlauer als alle anderen – das ist Vicky.

Und dann gibt es Franka. Nachdem bei Bella und Vicky alles Spektakuläre schon aus war, hatte es für sie nur noch eine Eigenschaft gegeben.

Nett.

Kennt ihr den Ausdruck: *Nett ist die kleine Schwester von Scheiße?* Was so viel heißt, dass man sich als Nette sowieso gleich ins Klo runterspülen kann.

Wie Franka es in diesem Moment hasst, immer so scheiß-nett zu sein! Denn es ist scheiß-unbequem in dem Doppelbett, in das sie sich zu dritt quetschen. Franka liegt in der Mitte, dort wo die Matratzen auseinander driften. Der Spalt unter ihrem Bauch ist bestimmt schon so breit, dass ein halber Fuß hineinpasst. Ihr Zeh kratzt am Lattenrost.

Warum hat sie nette Idiotin sich nur schon wieder überreden lassen, in der Mitte zu schlafen? Als sie das erste Mal hier übernachtet haben, haben sie abgemacht, dass sie sich abwechseln würden. Aber Vicky, die eigentlich dran gewesen wäre, hat Franka bequatscht, sie hätte schon gestern so schlecht geschlafen, und so weiter und so weiter …

Pff, jetzt liegt sie rechts neben Franka und ihr Ellenbogen verpasst der Schwester gleich einen Kinnhaken, wenn sie noch mal zuckt. Franka rückt ab, soweit es eben geht, ohne den Spalt unter sich noch mehr zu vergrößern. Isabella, oder wie sie die Trablinburgs nennen: Bella, die Schöne, hat sich gar nicht erst an der Diskussion beteiligt. Sie ist erst morgen dran und sowieso gewohnt, dass sich die Welt für sie nur zum Besten fügt. Genau in diesen Momenten wäre Franka lieber mit der Chance 1:3 als Einzelkind auf die Welt gekommen. Und nicht als nette dritte Schwester von zwei Ego-Tanten.

Und so liegt sie schlaflos in der klaffenden Besucherritze, wo sich unter ihr ein gefährlicher Krater immer breiter auszudehnen scheint. Unter ihr brodelt ein Vulkan, Feuermassen schieben sich durch die Felsspalte, sie züngeln am Rand nach oben, gleich greifen sie auf das Bettuch über … Die ganze Matratze scheint zu beben.

Momentchen, sie scheint nicht nur. Die Matratze bebt tatsächlich. Von links kommt ein deutliches Zittern. Franka lauscht ins Dunkel. Hören kann man nichts. Aber fühlen, ohne jeden Zweifel. Bella!

»Weinst du?«, flüstert Franka nach links. Es ist mehr ein Hauchen, so leise, dass sie selbst es kaum zu hören vermag, hauchleise, damit Vicky nicht gestört wird. Auch wenn Bella die Frage mehr ahnen als wahrnehmen wird, hat ihre Schwester sie bestimmt gehört. Ein Schluchzen antwortet ihr. Auch das kaum mehr als ein Ausatmen.

Franka atmet ebenfalls aus, sachte, verhalten. Zum Glück kann Bella nicht sehen, wie sie ihre Augen dabei zusammenkneift. Wenn eine von den beiden anderen Drillingen weint, geht Franka immer als Erste k. o. Mit allergrößter Wahrscheinlichkeit wird sie angesteckt. Schlimmer noch: Bereits wenn einer von ihnen zum Heulen zumute ist, weint Franka manchmal schon, bevor bei der anderen überhaupt die erste Träne kullert. Irgend so ein dusseliger Reflex, den sie einfach nicht steuern kann.

Deshalb ist sie gerade hin- und hergerissen: Bella beistehen und Gefahr laufen, mit ihr um die Wette zu schluchzen? Oder lieber stillhalten?

Nein, stillhalten geht nicht. Nicht, wenn es einer ihrer Schwestern schlecht geht. Und so robbt sie sich millimeterweise über den klaffenden Matratzenspalt hinweg hinüber zu Bella. Weil Vicky mit ihrem sensiblen Schlaf nicht aufwachen soll, schiebt sich Franka direkt an Bellas Ohr.

»Was ist los?«, haucht sie hinein. Bellas Antwort ist kaum mehr als ein Luftzug: »Ich mag hier nicht mehr sein.«

»Verstehe«. Sofort muss Franka den Kloß im Hals runterwürgen, der auf die Tränendrüse drückt. »Ich habe auch Heimweh.«

»Franka, das ist mehr als Heimweh«, wehrt sich Bella. »In diesem Kaff ist alles Scheiße.« Ein neuerlicher Weinkrampf lässt Bella beben. Aus Rücksicht auf Vicky hat sie ihr Gesicht im Kissen verborgen, was jedes Geräusch dämpft. Es fehlt nicht viel und Franka wird ebenso ein Kopfkissen brauchen. Trotzdem schafft sie es, ihre Hand in Bellas Nacken zu legen und durch die langen Haare zu wühlen. Wenn man sie am Haaransatz krault, beruhigt sie sich meistens.

In der Tat scheint Bella langsam zur Ruhe zu kommen. Das Beben schwächt sich ab. Man hört nichts weiter als ihren regelmäßigen Atem und ein regelmäßiges Plopp, mit dem die Tränen von Frankas Nase aufs Laken tropfen.

Es geht eine ganze Weile so, und just, als sie denkt, Bella würde wieder einschlafen, hört Franka ein kurzes Hauchen an ihrem Ohr: »Machst du mir einen Trost-Kakao?«

Weil Franka zu dusselig nett ist und einer armen, leidenden Schwester nichts abschlagen kann, sitzen beide bald in der fußkalten Küche, Bella auf einem Hocker, Franka auf einem Hocker am Herd, während sie die Milch mit einem Löffel in Bewegung hält, damit sie nicht anbrennt oder sich eine eklige Haut bildet. Mit der Maschine Milch zu schäumen wäre jetzt zu laut.

»Ist doch wahr«, wettert Bella nun in Zimmerlautstärke. »In diesem Kaff ist alles Scheiße. Es ist überhaupt nix los hier. Hier gibt's kaum jemanden in unserem Alter, es gibt keine ordentlichen Läden, kein Kino, kein Schwimmbad, nicht mal einen Bioladen. Außerdem ist der Handyempfang total grottig.«

Franka weiß, was ihre Schwester meint. Seit sie nach

Deininghofen gezogen sind, ist nichts mehr, wie es war. Seit Mama diese Villa geerbt hat. Die heruntergekommene, staubige, knarzende Villa, die keiner haben mag außer ihr. Von den Drillingen keiner, Oma Eleonore und der coole Onkel Flo schon mal gar nicht. Nur Mama Babs, die sie mit ihrer Blödsinnsidee von einem Bio-Hotel allesamt in die tiefste Provinz verfrachtet hat.

Deininghofen – klingt das nicht schon wie *Dein-Ding-Hofen*? Denkt Franka. Jedenfalls ist das alles nicht ihr Ding hier. Nicht Bellas. Nicht Vickys. Und nicht ihres.

In der Stadt hat jede ein kleines, aber egal – ein *eigenes* – Zimmer gehabt! Hier müssen sie inmitten einer riesigen Baustelle schlafen – in einem viel zu engen Doppelbett. Alles ist staubig, ranzig, alt.

Zu Hause sind es nur zwei Querstraßen bis zur Schule gewesen. Hier müssen sie eine halbe Weltreise mit dem Bus unternehmen, um in die neue Klasse zu kommen. Morgen geht es los in ihrer Provinzschule, da wo der Pfeffer wächst. Wahrscheinlich schreiben die da noch auf Wachstafeln!

Und wahrscheinlich gibt's am Kiosk auch nur die gleiche blöde Schokolade wie hier im Supermarkt – mit viel zu hohem Milchzuckeranteil und ohne Fairtrade-Siegel. Wie gut, dass Franka sich Vorräte angelegt hat, weil sie schon ahnte, dass sie hier viele, viele, viele von ihren Trost-Kakaos würde zubereiten müssen.

Franka stülpt aus den umfunktionierten Cupcake-Formen zwei Schokowürfel heraus. Erst gestern hat sie eine neue Kakaomischung ausprobiert. 70 Prozent Valrhona-Schokolade, ein Klecks Sahne – mit einem Hauch Zimt. Und Bella bekommt noch eine Umdrehung Kardamom aus der Mühle oben drauf.

Auch wenn es tröstlich aus ihren Tassen dampft, hängen ihre Köpfe nur traurig darüber. Bella braucht nichts zu sagen, Franka versteht ihren Kummer auch so. Über ihnen ermahnt sie mit jedem Ticken Tante Gerdas alte Küchenuhr, wie spät es schon ist.

Da geht plötzlich mit lautem Quietschen die Eichentür auf. Franka sieht zuerst die blaue Brille, dann ein Blinzeln und dann die langen aschblonden Haarstrubbel.

»Vicky!«

»Ich kann nicht schlafen – wenn niemand da ist. Da fühle ich mich allein.« Vickys Blick fällt nahezu sofort auf die Tassen in den Händen ihrer Schwestern.

»Krieg ich auch einen?«

Franka ist so nett und schiebt ihr die eigene Schoko-Zimt-Tasse rüber, die Vicky gleich zur Hälfte leert.

»Wir haben Heimweh«, erklärt Franka ihrer anderen Schwester. »Deswegen sind wir aufgestanden.«

Vicky schluckt und nickt. »Ich auch.«

Mit den Köpfen aneinandergelehnt – jede berührt die Stirn der anderen – starren sie zu dritt in die köstlichen Kakaos. Ab und an nimmt jede einen wohligen Schluck daraus, egal aus welcher Tasse. Sie teilen immer alles, was sie haben. Niemand sagt was, dennoch atmen, seufzen und ticken sie alle drei gleich wie die uralte Küchenuhr über ihnen.

Bis schließlich Vicky die mahnenden Zeiger nicht mehr aushält: »Wir sollten wieder ins Bett zurückgehen. Hier bekommt man doch nur kalte Füße.«

»Okay, aber jetzt schläfst du in der Mitte! Du bist dran«, sagt Franka.

»Spinnst du jetzt?«

200 Millionen zu eins – dass Franka wieder nachgeben wird?

Sojamilch hoch drei

Haselnusssirup. Das war eindeutig ein Tag für Haselnusssirup in ihrer heißen Schokolade. Franka sog das Aroma von Nougat und feiner Schokolade ein. Es gab auf der ganzen Welt nur ein Café, dem man zutrauen konnte, eine ebenso leckere heiße Schokolade zu machen wie sie selbst.

Denn von Rita, der Chefin des Cafés *Sahnehäubchen*, hatte sich Franka ganz viele Tricks und Kniffe abgeschaut. Jeden Morgen bestrich Rita unzählige Gläser von innen mit geschmolzener Edelbitterschokolade aus Ecuador. Darüber häufte sie später frischen warmen Milchschaum und malte – wie für Franka heute – mit einem Schuss Sirup ein Herz in den Schaum. Oben drauf streute sie ein paar hauchfeine Splitter Edelschokolade.

Nichts, wirklich nichts war besser für einen vernieselten und vermiesten Tag wie diesen! Franka hatte nahezu die ganze Nacht nicht geschlafen nach der Familienkonferenz gestern und brauchte jetzt dringend was für Leib und Seele.

Ihre beiden Drillingsschwestern kamen mal wieder zu spät. Dabei waren sich Vicky, Bella und Franka sofort ohne Worte einig gewesen, dass man ein Krisengespräch brauchte.

Aber Vicky hatte noch schnell ein neues Ladekabel besorgen müssen, weil sie über ihres mal wieder mit den Rollen des Schreibtischstuhls gefahren war. Geschlagene zwölf Minuten später kam sie an. Und die schöne Bella war da immer noch nicht aufgetaucht.

Erst fünf Minuten später ging mit lautem Klingeln die Cafétür auf und eine aufgedrehte Bella schneite herein. Allerdings nicht allein, im Tross zog sie noch drei Freundinnen mit sich. Über all ihrem Geschnatter schaffte Bella es gerade noch, Rita über alle Köpfe hinweg laut zuzurufen: »Ich bekomme einen Himbeer-Milch-Shake. Aber einen mit Sojamilch.« Sojamilch – das war gerade Bellas neuester Spleen. Sie hatte Angst vor einer möglichen Kuhmilchallergie.

»Geht klar.« Rita nickte Bella zu, während diese mit ihrem Tross zu Frankas Tisch zog. Franka seufzte.

»Sorry, Mädels«, sagte sie also zu Bellas Freundinnen, »aber wir haben heute ein supergeheimes, superwichtiges Drillingsgespräch. Könnt ihr euch vielleicht woanders hinsetzen? Da hinten ist gerade ein Platz frei geworden. Wenn ihr euch beeilt …«

Unwillig zog Bellas Freundinnenstab ab – zum letzten freien Tisch, um den sie sich zu dritt quetschen mussten. Auch Vicky, Franka und Bella teilten sich einen Tisch, der höchstens für zwei gedacht war. Als sich Bella zu Vicky auf die Bank durchschlängelte, hätte sie fast den Laptop der jungen Frau neben ihnen vom Tisch gerissen. Es war eng und voll in dem herrlich verschnörkelten Retro-Café am Prenzlberg.

Franka versuchte noch, ein freundliches »Entschuldigung« zu der Nachbarin rüberzuschicken. Von irgendwoher kannte sie das Gesicht. Aber Bella hatte mit ihrem Auftritt schon alles fest in ihrer Hand: »Ist nicht mein Tag heute. Ich kapier Geometrie so überhaupt nicht. Kannst du nicht meine Hausaufgaben machen, Vicky, bitte?«

»Und wenn du morgen darüber ausgefragt wirst?«

»Dann nimmst du einfach deine Brille ab und springst für mich ein. Wie immer.« Bella übte ihren niedlichen Bettelblick, der bei ihren Schwestern immer so gut funktionierte. Niemand war so gut darin, unverschämte Wünsche durchzusetzen, wie Bella. Aber heute biss selbst die niedliche Bella bei Vicky auf Granit.

»Nein, ich habe euch doch gesagt, ich lass mich nicht mehr für euch ausfragen. Ihr müsst selber den Kram lernen. Sonst kapiert ihr es nie.«

Bella wollte schon verzweifeln: »Aber ich kapier es auch mit Lernen nicht. Und ich kann mir keine Fünf leisten. Ihr wollt doch nicht, dass ich als Einzige von uns dreien sitzenbleibe. Wir wären nicht mehr zusammen …«

»Nein. Ich mach's trotzdem nicht.«

»Bitte.« Hundewelpen-Blick von Bella.

»Nein.« Harter-Hund-Blick von Vicky.

»Arschloch.« Wildes Hundewelpen-Kläffen.

»Du Pfurzhirn. Lern selbst!« Noch-mehr-harter-Hund von Vicky.

Schweigen.

Es war Franka, die die Spannung schließlich nicht mehr aushielt. Schwesternstreit war ihr immer zuwider. Sie musste einschreiten, bevor sich das hier noch mehr aufschaukelte. »Bitte, Vicky, nur noch dieses eine Mal? Damit Bella nicht durchfällt und sie dieses Schuljahr schafft? Ist doch gar nicht mehr so oft. Bald sind Ferien und dann …«

»… dann sitzen wir sowieso nicht mehr hier …«, sagte Vicky.

»… denn dann sind wir in der Pampa«, sagte Bella.

»… in der Drecks-Pampa«, sagte Franka. Wie verabredet seufzten alle drei Schwestern gleichzeitig. Nur gut, dass Rita gerade eine kleine Aufmunterung vorbeibrachte: Bellas Himbeer-Shake, auf dem zwei frische Himbeeren prangten, Vickys Tee mit frischen, gepuderzuckerten Minzblättern und Frankas zweite heiße Schokolade mit Haselnusssirup. Ein einziger Schluck dieses wahrhaft himmlischen Getränks konnte Franka wiederbeleben.

»Wir können nicht zulassen, dass Mama uns in die Provinz verfrachtet«, sagte Franka und nahm noch einen großen Schluck Himmelsgesöff. »Da gehen wir ein.«

»Wir sind drei Stimmen gegen eine«, meinte Bella. »Das müsste doch zu machen sein, wenn wir drei zusammenhalten. Wir drei könnten sie doch überzeugen, dass sie das Haus von Tante Gerda nicht übernehmen muss.«

Franka stimmte zu: »Wir brauchen einfach nur die richtigen Argumente.«

»Am besten, wir machen eine Liste. Dann können wir es ihr schriftlich geben, warum wir nicht mitwollen.« Vicky übernahm sofort das Ruder. Sie zog einen leicht mitgenommenen Block aus ihrer Messenger Bag und popelte einen Stift aus dem Mäppchen.

»Also, was haben wir auf der Pro-Seite?«, fragte sie.

»Dass es immer schon Mamas Traum war, ein Hotel zu eröffnen?«, schlug Bella zaghaft vor. Vicky schrieb.

»Das tolle Landleben«, ergänzte Franka die Liste.

»Landleben, pfff, das kann man auch gleich auf die Contra-Seite schreiben«, diktierte Bella ihrer Schwester, die alles mitschrieb. »Kein Capoeira mehr für mich. Keine Medaillen. Keine Pokale. Keine Vereinspartys.«

»Gibt's noch was anderes in deinem Kopf als Caaa-Poooo-Eiraaaa?«, maulte Vicky, schrieb aber widerwillig mit. »Hast du auch was anzubieten, was uns alle betrifft?« Sie war unüberhörbar immer noch sauer auf ihre Schwester.

»Und vernünftige Klamottenläden gibt es dort wahrscheinlich auch nicht«, fügte Bella nun hinzu. Bella hatte von ihnen dreien den besten Style und ein untrügliches Gespür für großartige Kombinationen. Irgendwie schienen die nur für Bella gemacht zu sein. Wenn Franka in der nächsten Woche das anzog, was Bella jetzt trug (orangefarbene DocMartens, grünkarierte Kniestrümpfe und ein T-Shirt mit einer Pailletten-Katze), würde Franka trotzdem nicht cool aussehen, sondern sich fühlen wie ein bunter Clown.

Wahrscheinlich lag das daran, dass Bella die zarteste der drei Schwestern war. Sie hatte als Säugling einen schweren Start gehabt und lange eine spezielle Physiotherapie gebraucht, um so fit zu werden wie ihre Schwestern. Die Begeisterung für Sport, sagte ihre Mutter immer, muss da geboren worden sein. Denn ohne Leistungsturnen und Akrobatik hielt Bella es keine Woche aus.

Außerdem war Bella zwei Zentimeter kleiner. Das sah man aber nur, wenn man sie alle drei nebeneinander stellte. Dann fiel auch dem Betrachter das Muttermal an Frankas linker Augenbraue auf, das sie von ihren Schwestern unterschied. Wenn Franka mal wieder das Gefühl hatte, bei ihren Schwestern immer nur nachgeben zu müssen, malte sie sich mit schokobraunem Kajal das Muttermal extra dick an. Aus Protest. Und die langen blonden Haare steckte sie dann unter eine quietschgelbe Baseballkappe. Keine ihrer Schwester trug – der Modegott behüte sie vor einem solchen Fehlgriff! – so was Profanes wie eine Baseballkappe.

Meistens lief es ja auch ganz gut mit Bella und Vicky und die peinliche Baseballkappe blieb im Schrank.

Vicky hatte solche Kunstgriffe überhaupt nicht nötig,

um sich von ihren Schwestern abzusetzen. Ihre blaue Brille war ihr ureigenes Markenzeichen. Nicht, dass ihre klitzekleine Kurzsichtigkeit das verlangt hätte, aber Vicky fand, dass sie so schlauer aussah. Und Schlauheit war schließlich das, worauf sie am stolzesten war. Vicky erledigte die Hausaufgaben für alle drei. Und wenn Bella oder Franka in der Schule ausgefragt werden sollten über ein Thema, von dem sie keinen blassen Schimmer hatten, dann versteckte Vicky ihre Brille und gab sich als eine der beiden anderen aus. Die Einser und Zweier waren den Schwestern dann garantiert.

Deshalb dachte Vicky auch an etwas ganz anderes für die Contra-Liste: »Schlechte Internetverbindung auf dem Land.«

»Freundinnen«, diktierte Franka. »Wir verlieren alle unsere Freundinnen und …«

»… und Freunde«, schrieb Vicky noch dazu. Das hatte Franka eigentlich nicht sagen wollen und wunderte sich. Doch Bella war schon fortgefahren: »Und Flo. Onkel Flo bleibt bestimmt in der Stadt. Mit seiner Firma kann er gar nicht mal schnell woanders hinziehen.«

Vicky kritzelte den Namen ihres geliebten Onkels auf die Liste. Das war ein fetter Contra-Punkt.

Franka hatte noch eine wichtige Ergänzung für die

Contra-Liste: *Sahnehäubchen.* So ein wunderbares Café mit altmodischen Stühlen, mit jeder Menge Retro-Süßigkeiten, Zuckerstangen im Glas, selbstgemachten Pralinen unter Glasglocken, kunstvoll aufgetürmten Cupcakes – wo sollte davon jemals ein zweites zu finden sein?

Wie zur Bestätigung nippte Bella das erste Mal an ihrem Himbeer-Shake.

»Ey«, sagte sie. »Das ist aber keine Sojamilch.«

»Komm, lass gut sein«, sagte Franka und dämpfte ihre Stimme, um Bella zu beschwichtigen. »Es ist proppenvoll hier und Rita hat in dem Trubel bestimmt einfach nur vergessen, dass du neuerdings lieber Sojamilch trinkst.«

»Nein«, widersprach Bella ihr umso lauter. »Nein, ich habe Sojamilch bestellt.«

»Es ist doch gar nicht gesagt, dass Sojamilch besser ist, wenn man noch keine Allergie hat …«, wollte Vicky sie überzeugen, doch Bella krähte schon quer durch das voll besetzte Lokal: »Rita?!« Keine ihrer Schwestern konnte sie zurück auf den Stuhl ziehen. Ein paar Gäste schauten auf, ebenso Rita an der Espresso-Bar.

»Du hast den Shake nicht mit Sojamilch gemacht.«

Die engelsgeduldige Rita nickte ihr nur zu, obwohl das ganze Café vor lauter Leuten nur so brummte:

»Mach dir gleich einen neuen, Bella. Sorry. Einen Moment, ja?« Ach, Rita war so ein Goldschatz, fand Franka. Den durfte man einfach nicht verlieren!

»Entschuldigung«, kam es da vom Nachbartisch. Die Frau, deren Laptop Bella beinahe vom Tisch gefegt hatte, hatte die drei Mädchen die ganze Zeit über aufmerksam beobachtet.

»Ja?«, antwortete Franka für alle drei.

»Ihr seid nicht zufällig die berühmten Trablinburg-Drillinge? Isabella, Franka und Viktoria?«

Himmel, wo man auch hinging, selbst hier an ihrem allergeheimsten Rückzugsort, wurden sie erkannt! Warum hatte Bella nicht einfach die Klappe gehalten und ihren verdammten Shake ohne Sojamilch getrunken?

»Und wer will das wissen?«, fragte Vicky. Sie gab sich nicht einmal Mühe, ihren genervten, fast schon feindseligen Unterton zu unterdrücken. Diese Sonderbeobachtung als Drilling ging Vicky mächtig auf den Geist.

Die Frau zog erstaunt ihre perfekt gestrichelte Augenbraue in die Höhe, dann kramte sie in ihrer Tasche, um aus einem silbernen Etui eine Visitenkarte herauszuholen: Viola Helbig, Reporterin vom Klatschmagazin *Lifestyle Plus*.

»Hättet ihr Lust auf ein Interview?«

Jetzt wusste Franka, woher sie das Gesicht kannte. Viola Helbig hatte die drei vor anderthalb Jahren interviewt und die »Ausnahme-Drillinge« einen Tag in der Schule begleitet. An den Artikel selbst konnte sich Franka nicht mehr erinnern, wohl aber daran, dass ihr der ganze Trubel in der Schule total unangenehm war und sie vor Verlegenheit kaum ein Wort gesprochen hatte.

Auch jetzt reagierte Franka zurückhaltend, doch Bella nahm das Heft in die Hand, ohne sich auch nur mit einer Schwester irgendwie verständigt zu haben, weder mit einem Blick, noch mit einem verstohlenen Fußtritt. »Ich schicke meiner Mama eine App, dann gibt sie bestimmt ihr O.K.! Und wir können in der Zwischenzeit schon mal plaudern …«

Wenn man so wollte, dann war Bella für die Drillinge so was wie das Sprachrohr. Sobald irgendwo Rampenlicht in Sicht war, stürmte Bella nach vorn. Seit sie mit ihrem Kampftanzen Capoeira so erfolgreich war, noch einmal ein bisschen mehr.

Und sie hatte jede Menge Übung darin, denn schon mit zwei Jahren hatten die eineiigen Drillinge, die es der Wahrscheinlichkeit halber eigentlich gar nicht geben dürfte, ihr erstes »Interview« gegeben. Seither umkreisten Reporter ihr Leben wie Fliegen ein Marmeladebrot. Kindergarten, erster Schultag, kleine Model-Aufträge, ihr erster Werbespot, ihr zweiter Werbespot, eine kleine Nebenrolle im Film – ihre Mutter Babs, die bei einer Agentur arbeitete, hatte schon früh vielerlei Auftritte für die Drillinge eingefädelt.

Im Allgemeinen waren ihre Rollen klar: Bella übernahm das Reden, Franka warf ab und an mal was ein. Aber ihre erste Aufgabe war es, Vicky in Schach zu halten, die mit ihrer losen Zunge manchmal übers Ziel hinausschoss.

Auch an diesem Tag war Pressesprecherin Isabella von Trablinburg schon voll in ihrem Element, erzählte von den bevorstehenden Capoeira-Meisterschaften, während Vicky die Augen verdrehte. Franka behielt ihrerseits Vicky aufmerksam im Auge, während die Reporterin (»nennt mich ›Viola‹«) eifrig auf ihrem Laptop mitschrieb.

»Ich bin als Nummer eins gesetzt«, plapperte Bella »das sind große Erwartungen, die unser Verein da auf mich setzt…«

»Capoeira ist aber nur *dein* Hobby! Franka und ich tanzen nicht«, merkte Vicky säuerlich an. Doch Bella fuhr unbekümmert fort: »Aber ich habe bisher immer Nervenstärke bewiesen…« Da platzte der ungeduldigen Vicky der Kragen. Sie popelte ihre Kopfhörer aus der Hosentasche und steckte sie demonstrativ in die Ohren. Unterm Tisch rempelte Franka sie an, überm Tisch verzog sie mahnend den Mund.

Im Normalfall hätte nur ein Signal gereicht. Ein Trablinburg-Drilling wusste immer gleich und sofort, was ein anderer Drilling von ihm wollte. Aber nach dem, was jetzt folgte, musste Franka davon ausgehen, dass Vicky zwar wusste, was Franka von ihr wollte. Aber: Es war ihr egal.

»Wenn es hier sowieso nur um Bella geht …«, seufzte Vicky und machte so laut die Musik an, dass man trotz Kopfhörern bestens hätte mitgrölen können.

Franka überkam mit einem Schlag große Müdigkeit. Jede verlorene Minute Schlaf schien sich gerade in ein tonnenschweres Gewicht auf ihren Schultern zu verwandeln. Trotzdem, man konnte Vicky sich nicht so daneben benehmen lassen! Das hier war eine Situation, in der man zusammenhalten musste. Vielleicht klappte es ja mit einem Lob?

»Wissen Sie, Vicky hat jetzt einen Instagram-Account für uns eingerichtet. Wir haben schon ziemlich viele Abonnenten …«

Im Wesentlichen zeigte der Kanal nichts Weltbewegendes – die Trablinburg-Drillinge in allerlei Outfits, beim Schuhe-Shoppen, in Onkel Flos Cabrio und in Starpose am Film-Set. Immer schön in dreifacher Ausfertigung.

Franka mochte keines dieser Poser-Bilder. Ein solcher Kanal ließ sie ziemlich eingebildet wirken. Aber Vicky war der Meinung, dass man sich als Model und angehender Filmstar heutzutage gut vermarkten müsse.

In diesem Moment kam von Babs eine App-Nachricht: »Wenn ihr euch einig seid, dann macht meinetwegen das Interview. Kuss Mama.«

Das mit dem »einig« hätte Franka nicht unterschreiben mögen. So langsam beschlich sie das Gefühl, dass so ein Interview heute vielleicht doch keine gute Idee war. Denn – als hätte man bei Vicky einen Schalter umgelegt – legte die jetzt los: »Unser Instagram-Account ist zwar noch im Aufbau, aber wir haben im letzten Monat schon über dreihundert neue Fans dazugewonnen. Jeden Tag kommen welche hinzu. Wenn Sie wollen, dann können Sie …«

So schnell konnte Franka gar nicht unter dem Tisch stupsen, da hatte Vicky es schon ausgesprochen: »… vielleicht in Ihrem Artikel unseren Account erwähnen. Wenn wir so richtig viele Fans haben, dann können wir auch Werbung machen. Für Klamotten und Kosmetik und so. Und wenn wir ganz berühmt sind, dann können wir endlich unsere eigene Design-Linie gründen. Wir haben sogar schon einen Namen dafür – *Trabbel hoch drei*. Bella hat auch schon erste Entwürfe gezeichnet.«

Jetzt ging mit Vicky eindeutig der Gaul durch. Die Sache mit der Modelinie, die hatten sie mal spätnachts in Bellas Bett ausgesponnen. Eine kleine verrückte Idee, die für die Ohren von niemand anderem bestimmt war als von denen, die damals in Bellas Bett lagen: Franka, Bella und Vicky.

Außerdem hatte die stets scharfzüngige Vicky ihre Schwester doch am allermeisten damit aufgezogen: »Nenn die Linie doch am besten Ü&G. Überkandidelt und größenwahnsinnig.« Nach diesem Spruch war Bella mit allem auf Vicky losgegangen, was das Bett hergegeben hatte – Stofftiere, Kopfkissen, Bettdecke.

Doch jetzt – ausgerechnet! – plauderte Vicky einen Traum aus, der damals nur vor sich hin geplappert worden war?

Bella war wie vor den Kopf gestoßen. Sie rang nach Worten. Franka wusste sich nicht anders zu helfen, als Vicky grob über den Mund zu fahren: »Willst du nicht mal nachsehen, ob Bellas neuer Milch-Shake fertig ist? Rita hat echt viel zu tun.«

Mehr murrend als überzeugt zog Vicky tatsächlich

ab, um an der Bar nach dem Rechten zu sehen. Am Tisch hinterließ sie eine peinliche Lücke. Die sonst so mitteilungsfreudige Bella schwieg und Franka hatte keinen Plan, wie sie die Unterhaltung hätte retten können. Viola, die Reporterin, tippte ein paar Stichworte in ihren Laptop, von denen Franka nicht sehen konnte, welche es waren.

»Wissen Sie«, fing sie ausweichend an, »wir waren nicht darauf vorbereitet, dass wir heute interviewt würden… Wir hätten uns sonst vielleicht besser vorbereitet… und gestylt…« Viola sah nicht einmal auf, während Franka das sagte. »Eigentlich haben wir uns hier getroffen, um selbst etwas zu besprechen, wir waren gar nicht auf ein Interview gefasst…«

Jetzt blickte ihr Viola direkt ins Gesicht. Aber sie ging gar nicht erst auf Franka ein.

»Werdet ihr in der Schule anders behandelt?«

»Na ja, uns kennt jeder«, wich Franka aus.

»Bekommt ihr eine Sonderbehandlung?«

Franka überlegte kurz: Sie durften zu dritt an einem Tisch für zwei sitzen. Wenn es Partnerarbeiten gab, dann waren sie trotzdem zu dritt – so wie überall. Sie gingen sogar immer zu dritt aufs Schulklo.

»Vielleicht, ein bisschen…«, zögerte Franka. Aber bevor sie das näher erklären konnte, hatte Viola schon die nächste Frage nachgeschossen: »Seid ihr denn was Besonderes?«

»Wie meinen Sie das?«, fragte Bella dazwischen.

»*Fühlt* ihr euch als etwas Besonderes?«

Darauf konnte Bella nicht sofort antworten, sie schien verkrampft nach einer Antwort zu suchen. Das würde wohl wieder Franka übernehmen müssen.

»Na ja, irgendwie schon«, meinte sie. »Wussten Sie, dass die Wahrscheinlichkeit, als eineiiger Drilling auf die Welt zu kommen, eins zu 200 Millionen beträgt? Da fühlt man sich manchmal …«

»Entschuldigung, wie heißt du noch mal? Ich kann euch immer noch nicht auseinanderhalten …«

»Franka. Aber was ich sagen wollte …«

Franka konnte schon wieder nicht ausreden, denn Vicky war an ihren Tisch zurückgekehrt: »Ist es zu fassen? Rita hat einen Erdbeer-Shake gemacht. Jetzt hat sie zwar an die Sojamilch gedacht, aber mit Erd-bee-ren! Bella wollte aber Him-bee-ren! Ich weiß ja, dass du diesen Laden hier aus unerfindlichen Gründen liebst, Franka, aber ich verstehe dich nicht – wenn Schussel-Rita nicht mal die einfachsten Dinge auseinanderhalten kann …«

Franka schluckte. Alles schief gelaufen. Ihr Eindruck bei Viola war jetzt bestimmt endgültig versaut. So wie sich die Drillinge heute Nachmittag benommen hatten, musste Viola den Eindruck bekommen, sie hätte es mit drei extrem verwöhnten Gören zu tun. Da konnte ja nur ein entsetzlicher Artikel herauskommen!

Mit gequetschter Stimme brachte sie gerade noch heraus: »Bella, Vicky – können wir vielleicht woanders hingehen?«

Hätte sie geahnt, wie weit sie das »woanders hingehen« führen würde, hätte Franka wahrscheinlich gar nichts mehr rausgebracht.

Heimatlos hoch drei

Franka sollte recht behalten. Viola hatte den bösesten, gemeinsten und falschesten Klatschzeitungsartikel verfasst, der jemals über die Trabbel-Drillinge geschrieben worden war. Doch da stand er, schwarz auf weiß, vierspaltig unter einem Bild, das die Reporterin von ihnen drei noch schnell im *Sahnehäubchen* mit dem Smartphone geschossen hatte. Keine der Drillinge war besonders gut getroffen. Trotzdem war das Foto noch das Schönste an dem ganzen Artikel.

ARROGANT HOCH DREI

Die Wahrscheinlichkeit, als neues IT-Girl auf die Welt zu kommen, geht bestimmt gegen 1:100 Millionen. In den USA, wo immerhin 322 Millionen Menschen leben, gibt es genau *eine* Selena Gomez, *eine* Paris Hilton und *eine* Taylor Swift.

Dass sich unter Deutschlands 83 Millionen Einwohnern gleich drei neue, und außerdem noch drei *gleiche* IT-Girls finden lassen, ist eigentlich gegen jede Wahrscheinlichkeit. Um genau zu sein: 1:200 Millionen. Nur dann wird man als eineiiger Drilling geboren, so wie die Drillinge Franka, Isabella und Viktoria von Trablinburg. Die drei schicken blonden Schülerinnen sind Trabbel hoch drei. Für ihre Freunde. Für ihre Mitschüler. Für ihre Umwelt.

»Wir sind halt was Besonderes«, sagte uns Franka von Trablinburg im Brustton der Überzeugung. Und Schwester Bella rückt dekorativ ihre teuren Schuhe unter dem Tisch zurecht.

Denn überall genießen sie Sonderbehandlung. Und wo diese nicht kommt, wird sie gleich mal lautstark eingefordert. Im Café »Sahnehäubchen« tyrannisiert die gerade mal zwölfjährige Isabella die Bedienung, wenn sie nicht gleich ihren gewünschten Sojamilch-Shake mit der passenden Anzahl an frischen Himbeeren erhält. »Die Trabbels haben eben einen ganz eigenen Geschmack«, kommentiert Cafébesitzerin Rita Lengfurt.

Eigen – das sind sie. Und anstrengend offenbar auch, wie es Freundinnen aus der Berliner Schule sagen, wo die Trabbels die 5c besuchen. Einige scheinen sich die Sommerferien und eine Trabbel-Pause regelrecht herbeizusehnen. Eine Mitschülerin beschwert sich: »Die Trabbels geben den ganzen Tag an – mit ihren tollen Klamotten und dem blöden Capoeira-Kram. Das nervt. Es gibt auch andere, die gut tanzen können. Die machen nur nicht so ein Geschrei drumrum.«

Wer angibt, der hat mehr vom Leben. Das wussten schon unsere Mütter. Drillings-Mutter Barbara von Trablinburg hat diese Weisheit mehr als beherzigt. Schließlich ist die Mitinhaberin einer erfolgreichen Werbeagentur Profi in Sachen Vermarktung. Ihre Drillinge haben für verschiedene Marken Werbe-Shootings übernommen, hatten bereits kleine Rollen im deutschen Fernsehen. Interviews gibt es nur gegen Honorar. Keine Frage, Barbara von Trablinburg hat die unwahrscheinliche Wahrscheinlichkeit von 1:200 Millionen gut zu Geld gemacht.

Daneben übernehmen die Mädchen ihre Imagepflege auch schon selbst. Viktoria von Trablinburg steuert wie ein Profi den Instagram-Account Trabbel. Die Drillinge im Cabrio, in teuren Boutiquen, beim Edel-Friseur – alles »Schnappschüsse« aus dem Luxusleben dreier kommender IT-Girls. Alles Profibilder. Alles bestens inszeniert. Tausende Follower haben die Mädchen schon. Paris Hilton könnte sich nicht professioneller in Szene setzen als diese drei Zwölfjährigen.

Wer weiß, vielleicht haben sie sich ja auch das eine oder andere abgeschaut. Vielleicht auch die Idee, die zwangsläufig jeder B-Promi irgendwann auffährt: Das eigene Mode-Label. *Trabbel hoch drei* als eigene Mode-Marke? Das klingt nicht mal unwahrscheinlich. Das nötige Selbstbewusstsein und die Arroganz hoch drei bringen die Drillinge auf alle Fälle schon mal mit. Ebenso wie die wichtigste Eigenschaft eines IT-Girls – das Nerven sägen.

200 Millionen zu eins – wetten, wir hören künftig noch sehr viel mehr von den Trabbel-Drillingen?

463 Wörter waren das. 463 Wörter, die die Welt von Franka, wie sie sie bisher gekannt hatte, komplett zerstört hatten. Einfach so. Ganz ohne Vorwarnung.

Überall, wo sie nach dem Erscheinen des Artikels hingekommen waren, wurden sie komisch beäugt. Und wenn man genau hinsah, sah man, wie alle tuschelten, wie die Kinder aus der Klasse sich abschätzige Blicke zuwarfen, wenn eine von ihnen vorbeiging. Und wenn einer der Jungs besonders vorlaut war, dann rief er ihnen hinterher: »Hey, hier riecht's nach Trabbel!«

Es war erstaunlich, wie schnell auch Freundinnen, von denen sie immer geglaubt hatten, sich auf sie verlassen zu können, plötzlich auf Abstand gingen. Nur weil die Stimmung sich gedreht hatte. Selbst Mia und Naomi, sonst die dicksten Capoeira-Freundinnen von Bella, riefen überhaupt nicht mehr an. Schließlich ließ Bella sogar das Training sausen, weil sie sie die schlechte Stimmung nicht mehr ertragen konnte.

Vicky hatte den wunderbaren Instagram-Account sperren müssen, nachdem es dort im Hunderterpack böse Kommentare gehagelt hatte.

Am schlimmsten war es aber für Franka. Es wäre schon an sich unangenehm genug, dass viele ihrer vermeintlichen Freundinnen sich abgewandt hatten. Solange sie ihre Schwestern hatte, war ihr das nicht so wichtig. Doch das, was sie am allermeisten schmerzte war, dass sie sich im *Sahnehäubchen* nicht mehr würde blicken lassen können. Das *Sahnehäubchen* von Rita war immer so etwas wie ihre zweite Heimat gewesen, etwas, das sie getröstet hatte. Bella hatte ihr Capoeira, Vicky den Technik-Quatsch. Vicky war so schlau, Bella so hübsch. Franka jedoch war ohne das *Sahnehäubchen* nichts mehr. Nichts mehr außer nett. Und nett war einfach nur scheiße.

Für so viele Jahre war Rita immer diejenige gewesen, die umgekehrt mal nett zu Franka gewesen war. Die wilde Rita mit ihren über und über tätowierten Armen und dem Silberstecker in der Nase. Die Rita, die aber auch ein großes Herz auf dem einen und eine Tasse Kakao mit Sahnehäubchen auf dem anderen Unterarm tätowiert hatte. Und das sagte eigentlich schon alles. Die Café-Chefin hatte Franka alles gelehrt, was es zu Schokolade, Pralinen, Keksen, Nougat, Shakes und Mandelsplitter zu wissen gab. Und sie war dafür verantwortlich, dass Franka sich zu ihrem neunten Geburtstag keine Einhornkladde und Glitzergelstifte gewünscht hatte, sondern ein Schokoladenthermometer. Bis zu diesem Artikel war Rita für sie so etwas gewesen wie eine zweite Mutter. Aber nach dem, was Rita der Reporterin gesagt hatte, fühlte sich Franka von ihr verraten, als hätte man sie quasi zur Adoption freigegeben.

Zum Glück waren es nur noch drei Wochen bis zu den Sommerferien, als der Artikel erschienen war. Die Hälfte der Zeit hatte ihre Mutter sie vom Unterricht befreit. Vicky sogar die ganzen drei Wochen, weil sie im Erdkundeunterricht einem der besonders gemeinen Jungs aus Rache das Handy geklaut und den Zugangscode umprogrammiert hatte. Als die Aktion aufflog, erhielt Vicky einen Hinweis mit nach Hause.

Schlimmer konnte es nicht mehr kommen. Oder doch?

Doch. Eine Woche vor Beginn der Sommerferien hatte ihre Mutter Babs die Drillinge zu einer weiteren Familienkonferenz in ihren Lieblingsitaliener geschleppt. Auch hier fielen die drei sofort auf, viele Gäste drehten sich nach ihnen um.

»Ich weiß, als ich euch das letzte Mal von meinen

Plänen erzählt habe, wart ihr alle nicht begeistert davon, dass ich nach Deininghofen ziehen will. Ich habe das Thema extra nicht mehr angeschnitten, weil ich wollte, dass ihr in Ruhe darüber nachdenken könnt. Aber jetzt merkt ihr doch sicher auch: Wir *brauchen* einfach einen Neuanfang«, eröffnete Babs ihren Mädchen, die lustlos in ihren Trüffelspaghetti herumstocherten. »Nach diesem Theater müssen wir definitiv hier weg. Die ganze Stadt hat diesen Artikel gelesen. Ihr werdet deswegen überall angefeindet. Das kann ich doch nicht länger zulassen.«

Im Augenwinkel sah Franka, wie am Tresen eine Bedienung die andere anstieß und auf ihren Tisch deutete. Nur Babs hatte nichts mitbekommen und fuhr ungerührt fort: »Wir brauchen den Neuanfang in Deininghofen.«

Halbherzig betete Vicky die Punkte ihrer zerknitterten Pro- und Contra-Liste herunter, die sie für alle Fälle behalten hatte: Die Freundinnen, führte Vicky auf, die Shopping-Gelegenheiten, das Capoeira, das *Sahnehäubchen* … Aber nach diesem Artikel schien nichts mehr von den stolzen Argumenten übrig als ein Häufchen Staub. Freundinnen? Das brasilianische Tanzen? Das *Sahnehäubchen*? In Tod und Asche geschrieben in 463 Wörtern.

Zweimal noch leisteten die Drillinge so etwas wie Widerstand, einen kleinen Aufstand gegen den Umzug. Vicky ließ mehrere böse Spitzen los, Bella drückte auf die Tränendrüse. Aber am Ende des Abends fehlte ihnen allen die Energie. Und nach vier mittelmäßigen Tiramisus hatte Babs ihre Mädels mit ihren Werbebotschaften für Deininghofen überzeugt.

»Hört zu! Ich weiß, dass ihr euch vor dem Neuen fürchtet, vor dem Unberechenbaren, davor, dass ihr nichts und niemanden kennt. Aber das gilt auch umgekehrt: Nichts und niemand kennt euch! Ihr könnt das sein, was immer ihr sein wollt. Jemand eigenes. Nicht mehr oberflächlich. Oder eitel. So wie man euch das andichten will. Sondern so wie ihr wirklich seid: lustig, kreativ und ein Dreierpack, der immer zusammenhält.« Bella blickte ihre Mutter besonders skeptisch an und Vicky sah nur ungläubig über ihren blauen Brillenrand.

»Das Gleiche gilt auch für mich! Ich muss auch nicht mehr das sein, was alle Welt von mir erwartet«, versuchte Babs sie zu überzeugen. »Zum Beispiel habe ich diese dämlichen unbequemen Business-Schuhe noch nie gemocht!«

Nur einen Wimpernschlag später hatte Babs ihre hohen Pumps mit den roten Sohlen von sich geschleudert. Sie landeten mit lautem Poltern im Gang. Jeder im Lokal wandte sich um. Franka blickte verstohlen auf ihre Füße und war froh um die neuen roten Chucks, die an den Knöcheln festgebunden waren. So war sie wenigstens nicht gezwungen, sich daneben zu benehmen.

Noch einmal schien das Getuschel hinter ihrem Rücken loszugehen, aber Babs hatte die richtige Antwort darauf: »Los, ihr Trabbels, ist doch egal, wenn wir uns daneben benehmen! Wir kommen sowieso nicht wieder her.« Babs steckte beide Finger in den Mund und pfiff darauf einmal laut durch das gesamte Lokal. Dann rief sie quer durch den Raum zum Tresen: »Giovanna, Giulia, prego! Wir brauchen ein Glas Champagner und dreimal frisch gepressten Orangensaft. Wir haben was zu feiern!«

Danach stand es fest: Sie würden nach Deininghofen umziehen, gleich in den Sommerferien. In das alte Herrschaftshaus der von Trablinburgs, das Babs von ihrer Tante Gerda geerbt hatte. Ihre Agentur hatte Babs an ihren Mitgründer verkauft. Das Geld aus diesem Anteil wollte sie in die Renovierung des Hauses stecken und daraus ein kleines Hotel machen. »Ihr werdet es dort lieben. Ich bin da aufgewachsen. Es gibt einen wunderschönen alten Garten mit vielen alten Apfelbäumen. Es wachsen Kirschbäume, Pflaumenbäume, wilde Stachel-, Him- und Brombeeren und im Herbst könnt ihr Weintrauben ernten, die sich am Haus entlangranken!«

Dennoch, Vicky und Bella sahen immer noch nicht überzeugt aus. Deswegen nahm Franka ihr Glas Orangensaft und stieß es mit lautem Klirren gegen die Gläser ihrer Schwestern: »Kommt schon, nichts kann uns was anhaben. Nichts kann uns passieren. Wir sind Trabbel hoch drei. Solange wir zusammenhalten, wird schon nichts schiefgehen!«

Einöde hoch drei

Vielleicht, dachte Franka neuerdings manchmal, war sie an diesem Abend bei ihrem Lieblingsitaliener doch zu zuversichtlich gewesen. Sie brauchten nur zusammenhalten … und dann? Würde es dadurch erträglicher, dass das ehemalige Herrenhaus in Wirklichkeit eine heruntergekommene Bruchbude war, in der ihr Onkel Flo und ihre Mutter mit Mühe und Not eine Handvoll Zimmer soweit bewohnbar gemacht hatten, dass sie beim Betreten nicht gleich über verzogene Parkettbalken stolperten, an querverlaufenden Kabeln oder wolldeckendicken Spinnenweben hängen blieben. Fenster, Türen – alles war zugig. Babs' Tante hatte auf ihre alten Tage offensichtlich nicht mehr viel Mühe auf das Haus verschwendet.

So kam es, dass es gerade mal zwei benutzbare Schlafzimmer gab: ein kleines, in das Babs zog, und ein nur minimal größeres, in dem lediglich ein Schrank und ein Doppelbett Platz hatten, in dem alle drei Trabbel-Drillinge übergangsweise schlafen sollten. Für jede, die natürlich ein eigenes Zimmer gewohnt war, eine Zumutung!

Das allein wäre schon schlimm genug, aber Franka hatte am ersten Morgen, als sie ihr Zimmerfenster öffnete, der Schlag getroffen. Sie hatte auf einen Paradiesgarten gehofft, auf einen grandiosen Blick auf verwilderte Apfelbäume, Weinranken und wilde Blumenbeete. So wie man sich das Landleben eben vorstellte, wenn man lange genug in Babs' vielen romantischen Landlust-Magazinen blätterte – und wie es Babs ihnen beschrieben hatte.

Stattdessen öffnete sich ein Blick auf schier kilometerlange Einöde. Der Bauer hatte das Feld, das an ihr Haus angrenzte, schon abgeerntet. Vor ihr erstreckten sich Stoppelfelder, soweit das Auge reichte – ausgewaschen und ausgelaugt. Grau, braun, trist.

Franka überkam sofort ein Gefühl von flächendeckender Traurigkeit. Es gab ja auch in der Stadt viele graue, dreckige Asphaltecken. Doch nirgendwo hatte sie sich je so verlassen gefühlt wie hier – bei diesem Blick auf das verstoppelte Feld an einem Ort, an dem sie nicht sein wollte. In einem viel zu engen Zimmer mit einem viel zu engen Doppelbett, in dem sie auf der Besucherritze nicht gut geschlafen hatte.

Vicky stellte sich auf die eine Seite von Franka, Bella auf die andere. Bald rann eine Träne über Bellas Gesicht. Kurz darauf floss bei Franka ein ganzer Tränensturzbach. Nur Vicky weinte nicht, sie fluchte: »Wenn dieser Scheiß-Artikel nicht gewesen wäre …«

Alle drei Trabbels dachten genau das Gleiche: »… wären wir nicht in diesem Scheiß-Deininghofen.«

Nach einer gefühlten Ewigkeit, in der sie nur da gestanden hatten, hatte Franka ihre Schwestern in die Küche verfrachtet zu einem ausgedehnten Frühstück mit Rührei, Obstsalat und einem trostreichen Zimt-Vanille-Kakao. Alles Mitbringsel aus ihrem Picknickkorb.

Babs war bereits schon seit Stunden auf den Beinen und schleppte Möbelstücke, Kisten und Pläne durch das Haus. Sie war voll in ihrem Element, trug mit dem Tag ihres Einzugs nur noch schlabbernde Pumphosen, Cloqs und hatte ihre langen blondierten Haare in einem indischen Turbantuch hochgebunden. Die High Heels, Hosenanzüge und Seidenblusen aus ihrer Agenturzeit sollten fortan in irgendwelchen Kisten modern.

Wenn Babs etwas anpackte, dann richtig! Sie machte die Dinge nicht hundert-, sondern dreihundertprozentig. Das hatte schon bei der Geburt der Drillinge angefangen – nicht einhundert Prozent Kind, sondern dreihundert. Zu Elternsprechtagen ließ sie sich drei Termine geben, für jede Tochter einen. Einer ihrer Töchter nur ein Drittel der Aufmerksamkeit zu widmen, wäre nicht infrage gekommen.

Genauso warf sie sich seit jeher in jedes neue Abenteuer, das sich ihr bot. Irgendwann – Franka, Vicky und Bella hatten gerade ihren dritten Geburtstag gefeiert – war der Zug für ihren Papa Stephan zu rasant geworden und er war ausgestiegen. Seit zwei Jahren half Stephan bei ›Ärzte der Welt‹ im Sudan leidenden Kindern. Bei seinen eigenen meldete er sich alle paar Wochen mal per Skype. Mittlerweile war er schon so lange weg, dass die Schwestern längst vergessen hatten, wie sich ein Ihn-Vermissen überhaupt hätte anfühlen können.

Irgendwie war es bis jetzt sowieso egal gewesen, denn Babs hatte die Energie für Vater, Mutter und zur Not auch Oma und Opa zusammen. Nun aber stürzte sie sich mit dreihundert Prozent Einsatz auf den Umbau des Hotels und die Drillinge waren sich selbst überlassen.

In den darauffolgenden Tagen würden ganze Horden von einbestellten Handwerkern hier auftauchen. »Ich will ein Hotel, das möglichst vielen Bio-Standards entspricht«, hatte Babs ihren Mädchen erklärt. »Möbel, Matratzen, Bettzeug: Alles soll aus natürlichen, zertifizierten Materialien sein. Wir müssen was bieten, was diese ganzen anderen Dorfgasthöfe nicht haben! Ein aufgeklärter Gast legt schließlich viel Wert auf solche Details.« Babs hatte sich offenbar gut eingelesen.

Blitzschnell erkannte Vicky die Gelegenheit. »Der moderne Gast braucht aber auch noch was anderes!«, sagte sie. Auf Babs Stirn schien ein großes Fragezeichen gemalt zu sein.

»Wenn du Leute aus der Stadt anlocken willst, dann brauchen sie hier ein gutes und schnelles WLAN. Damit sie zur Not arbeiten, skypen oder Serien streamen können!« Der Augenaufschlag hinter der Brille kam perfekt. Natürlich wollte sie zu allererst selbst diese tolle Internetanbindung. Vicky und ihr heißgeliebter Onkel Flo konnten nämlich bisher nur skypen und über Computerspiele fachsimpeln, wenn Vicky sich unter das Dach des Mülltonnenhäuschens verkroch. Zuletzt hatte der Dauerregen auch das zunichte gemacht, denn der pladderte so laut aufs Blechdach, dass man sein eigenes Wort nicht mehr verstand.

Franka leistete drillingsschwesterliche Schützenhilfe: »Außerdem brauchst du dich da bestimmt nicht selbst drum kümmern. Onkel Flo könnte das doch machen!«

Flo war mehrere Jahre jünger als seine Schwester Babs, betrieb in der Stadt ein gut laufendes Startup und war noch Technik-verrückter als Vicky. Immer wieder schleppte er ein hippes, neues technisches Spielzeug an. Alle paar Monate kaufte er ein neues Smartphone und schenkte sein »altes« einer seiner Trabbel-Nichten.

Schließlich gab Babs nach. Okay, es sollte schnelles Internet geben. Das war ein kleiner Hoffnungsschimmer für Bella, Vicky und Franka, die sich ansonsten in ihren Rest-Sommerferien auf dem Land entsetzlich langweilten. Weil sie kaum ihre Kisten auspacken konnten, hatten sie ausgedehnte Streifzüge durch Deininghofen unternommen.

Das Dorf mit seinen 3821 Seelen war schnell erkundet: Es verfügte über einen winzigen Supermarkt, der von 10 bis 16 Uhr geöffnet war, eine ranzige Dorfkneipe, zwei Geldautomaten, einen staubigen Altdamenfriseur, einen Schreiner, einen Teilzeit-Imbiss-Metzger und einen Bäcker. Schluss. Mehr gab's nicht.

Kein Café, keine Eisdiele, kein Schwimmbad, kein Klamotten-, Buch- oder Schreibwarengeschäft. Die Trabbels gaben trotzdem ihr Bestes, um ihr Taschengeld unter die Leute zu bringen. Doch das erwies sich als fast aussichtslos. Zuerst mussten sie unverrichteter

Dinge wieder aus dem Imbiss abziehen, weil es dort keinen vegetarischen Falafel gab.

Auch beim Bäcker waren sie angeeckt, weil Bella unbedingt Dinkelhörnchen verlangte und Franka gefragt hatte, was für eine Schokolade in den Schokocroissants verwendet wurde. Der kleine, magere Junge hinter der Theke reagierte sichtlich angefressen.

»Es tut mir leid, wir haben keine Dünkel-Hörnchen«, sagte er schnippisch und strich sich die schulterlangen semmelblonden Haare hinters Ohr. »Und wir nehmen natürlich nur beste Zutaten und Schokoladen für unsere Croissants. Unsere Backwaren sind nämlich mehrfach mit Preisen ausgezeichnet worden. Erst im letzten Jahr …«

Es klang wie auswendig gelernt und Franka hatte plötzlich das unwiderstehliche Verlangen, noch einmal ein bisschen nachzubohren: »So, und welchen Milchanteil hat denn die Schokolade?«

Sie erntete einen zutiefst missbilligenden Blick. »Warum willst du das so genau wissen?«

»Weil der Milchanteil viel über die Qualität der Schokolade aussagt. Je besser die Schokolade, desto besser schmeckt das Croissant.«

Der Junge – dem Schildchen an seinem weißen

Hemd nach hieß er Mattis Ruf – rührte sich nicht von der Stelle. »Willst du jetzt ein Croissant oder nicht?«

»Ich würde gerne eins kosten.«

Nun mischte sich Vicky ein, die bisher stumm die Szene verfolgt hatte. Arrogante Fuzzis reizten sie immer zu Widerspruch. »Schließlich müssen wir testen, ob ihr unseren Qualitätsansprüchen genügt. Wir eröffnen hier ein Hotel.«

Wums, Breitseite.

Mattis nahm mit der Zange ein Croissant und gab es in eine Tüte, auf der »Meisterbäckerei Ruf« stand. Mattis war also der Sohn vom Bäckermeister.

»Und unsere Gäste wollen bestimmt auch Dinkel-Hörnchen!«, setzte Bella nach.

Mattis sah von einem gleichen Gesicht zum anderen, schien sich mühsam eine Bemerkungen zu verkneifen und kassierte dann doch nur stumm die Drillinge ab. Als die drei gingen, spürte Franka seinen feindseligen Blick im Rücken.

Vielleicht, dachte sie kurz, hätten sie mit ihrer Drillingspower nicht ganz so dick auftragen sollen. Aber für Reue war's jetzt zu spät.

Schulnöte hoch drei

Wie hatte ihre Mutter Babs doch gleich gesagt? Sie alle könnten sich in ihrer neuen Heimat neu erfinden? Sie könnten endlich so sein, wie sie wollten? Genau das hatten sich Franka, Bella und Vicky für den ersten Schultag in ihrer neuen Schule vorgenommen.

Sie hatten schließlich auch die ganzen restlichen Sommerferien Zeit gehabt, darüber nachzugrübeln. Die langweiligsten und ödesten Sommerferien, die die Trabbels in ihren fünf Schuljahren je gehabt hatten.

Das sechste sollte deshalb mit einem echten Knaller beginnen. Nichts konnte man da dem Zufall überlassen. Drei ganze Tage lang hatte Bella mit ihnen das perfekte Outfit für ihren ersten Auftritt in der neuen Klasse ausgesucht.

Zu Hause im Prenzlberg waren sie oft gleich aufgetreten – gleiches T-Shirt, gleiche Frisur, gleicher Lipgloss. Das war praktisch, denn man konnte in der Schule bei Bedarf durchtauschen, wenn ein Test anstand oder eine von ihnen die Hausaufgaben vortragen oder etwas vorrechnen sollte. Meistens war es die gut vorbereitete Vicky, die das für sie alle erledigte. Wenn sie ihre Brille abnahm und sie Platz tauschten, ging sie genauso gut als Bella oder Franka durch.

Dieses Schuljahr sollte alles anders werden, hatte sie ihren Schwestern geschworen: »Ab jetzt seid ihr endlich selbst für eure Noten verantwortlich.« Für Bella, die in Mathe und Naturwissenschaften schnell hinschmiss, war diese Ankündigung ein kleiner Schock gewesen. Aber sogar die diplomatische Franka war bei Vicky auf Granit gestoßen. Auch sie konnte sie nicht umstimmen.

»Dann aber«, hatte Bella getrotzt, »möchte ich auch nicht mehr so aussehen wie ihr! Ich bin *ich*. Und nicht *Vicky*. Und nicht *Franka*. Und damit das jeder sehen kann, trage ich ab sofort meinen eigenen Style.«

Bella zog mehrere Outfits im College-Stil aus ihrer Klamottenkiste: Karierte Faltenröcke, weiße Blusen, überkniehohe Strümpfe, ebenfalls kariert, sogar eine Art Krawatte gab es. Man mochte es kaum glauben, aber sie brauchte trotzdem noch den ganzen Freitag, den ganzen Samstag und den Sonntag dazu, um herauszufinden, was sie am Montag, an ihrem großen Tag, tragen würde.

Für Vicky war es einfacher: Sie stand auf Hotpants, neonbunte Overknee-Strümpfe und T-Shirts mit blöden Sprüchen. »Theoretisch kann ich praktisch alles« prangte selbstbewusst auf dem, das sie für ihr Outfit extra noch im Internet bestellt hatte. Daneben hatte sie bestimmt, dass jede Schwester ihre Haare anders tragen würde – um sich besser zu unterscheiden. Sie würde einen Pferdeschwanz tragen, Franka die Haare hochgesteckt und Bella ihre Locken offen. Franka wollte protestieren, aber sie hatte die beiden Schwestern mit zwei Stimmen zu eins gegen sich. Warum, verdammt, hätte sie nicht einfach nur mit einer Wahrscheinlichkeit von eins zu 250 nur ein Zwilling werden können?

Franka traf die pragmatischste Trabbel-Wahl: Sie mochte zwar auch ultralange Kniestümpfe, trug aber ein weites Blümchenkleid darüber und eine Marken-Jeansweste. Am besten alles in dunkleren Farben, denn da fielen mögliche Schokoflecken nicht so auf. Denn sie würde es sich nicht nehmen lassen, für alle einen Frühstückskakao á la Franka aufzuschäumen. Und wenn sie dafür schon um Viertel nach sechs aufstehen musste.

Ihre Nacht auf den Montag war aber schon um sechs Uhr zu Ende. Denn um Punkt sechs Uhr schlug der Kirchturm von gegenüber 120 Mal. Bella stand senkrecht im Bett. Franka zog sie wieder runter und kuschelte sich an ihre Schulter: »Sechs Uhr. Du kannst noch eine halbe Stunde schlafen. Leg dich wieder hin.« Auch nach ihren ersten Wochen hatten sich die Trabbel-Drillinge immer noch nicht an das frühe Glockengeläut gewöhnt. Im Normalfall war auch danach nie an Schlaf zu denken. Vor dem alten Haus der von Trablinburgs ging es manchmal trubeliger zu als am Hauptbahnhof einer Großstadt. Vor allem um die Uhrzeit.

Vor vier Tagen – exakt unter dem Fenster der Drillinge – hatte der Bauer um kurz nach sechs seinen Traktor angelassen, um das Feld hinter dem Haus durchzupflügen. Oder es kamen jede Menge Handwerker-Lieferwagen vorbei, die sich beim Metzger rechterhand der Villa Trablinburg ihr wurstreiches Frühstück besorgten. Selbst in den Ferien hatte – zum Leidwesen der Drillinge – jeder Trabbel-Tag früh angefangen – wie es sich eben auf dem Land so gehört.

Keine der Drillinge hatte auch an diesem ersten Schultag viel geschlafen. Eine Mischung aus Aufregung, Heimweh, Angst und einer kleinen, aber minikleinen Prise Hoffnung hatte sie alle lange wachgehalten.

Schon um 8:05 Uhr war alle Hoffnung verflogen. Ihre Lehrerin, Frau Steinlechner, musste einen Stock verschluckt haben und hieß die Mädchen kühl willkommen. Franka hegte den leisen Verdacht, dass das vielleicht an den eigenwilligen Outfits ihrer Schwestern lag. Sie fielen inmitten dieser Normalo-Klasse 6b auf wie bunte Hunde.

Frau Steinlechners *»Und nun heißt eure neuen Mitschülerinnen mal herzlich willkommen«* klang jedenfalls alles andere als herzlich. Ebenso verhalten hörte sich das Echo ihrer neuen Mitschüler an (darunter auch der Deininghofener Bäckerssohn Mattis Ruf). Ihre neue Klassenlehrerin bestand nicht auf mehr.

Sie ließ sich auch nicht zu einer Sonderlösung für die Drillinge erweichen, wie sie sie zu Hause gehabt hatten: In ihrer Klasse hatten sich die drei Trabbels einen Doppeltisch teilen können. Solche Extrawürste waren in der neuen Klasse in Appelstedt nicht drin. Das hieß, dass zumindest eine von ihnen einen fremden Banknachbarn bekam.

Franka.

Die hatte mal wieder nicht schnell genug reagiert, während Vicky und Bella nur einen schnellen Blick ausgetauscht hatten und sich einig waren. Zwei gegen eins – manchmal verfluchte Franka diese Drillings-Konstellation.

Frau Steinlechner platzierte Franka neben einem Mädchen in Schlabber-T-Shirt und dreckstrotzenden Turnschuhen Ihre Haut war über und über mit Sommersprossen übersät. »Johanna«, stellte sie sich vor und ihre Stimme klang, als hätte sie diese aus einem tiefen Brunnen geholt. Mit den kurzen braunen Haaren und ihrem festen Händedruck konnte sie auch als Junge durchgehen. »Wir kennen uns.«

»Aha?«, antwortete Franka perplex.

»Du bist doch die Falafel-Prinzessin, oder? Ich wohne neben euch. Die Metzgerei.« Franka sagte darauf gar nichts. Nicht mal, dass Vicky und nicht sie das mit dem Falafel gewesen war. Nach ihrer Erfahrung war eine solche Verteidigung sowieso nutzlos, denn die Trabbels wurden für gewöhnlich immer über einen Kamm geschert. Auch dann, wenn nur eine was ausgefressen hatte. Eine für alle und so. Aber eher im schlechten Sinne.

Das konnte ja heiter werden mit ihrer neuen Nachbarin, die redete und aussah wie ein Junge. Noch bevor ihr erster Schultag überhaupt anfing, hatte Franka es mit der verkackt. Sie schien so verschlossen, dass sie bestimmt nicht vorsagen würde oder Franka in Englisch würde helfen wollen. Schon jetzt beugte sie sich misstrauisch über ihre Hefte, so dass sie alles abdeckte.

Abwarten, ermahnte sich Franka. Vielleicht mussten sie beide erst einmal auftauen. Schließlich war es ja doch ziemlich einschüchternd, wenn sie und ihre Schwestern immer gleich geballt zu dritt irgendwo auftauchten. Wie sollte Johanna dann mitbekommen, dass Nettigkeit Frankas hervorstechendste Eigenschaft war?

Franka nahm sich vor, in den nächsten Tagen ganz besonders freundlich und offen zu allen zu sein. Vielleicht könnte sie ja mal eine kleine Süßigkeit mitbringen, demnächst. Franka ging gerade ein paar Rezeptideen durch, da hatte Frau Steinlechner sie schon aufgerufen und fragte sie aus, was sie vom letzten Jahr im Bruchrechnen noch wusste.

Nichts. Um genau zu sein. Hätte sie nicht Vicky dazu fragen können?

Die mischte sich auch ein: »Wir hatten zu Hause einen anderen Lehrplan als hier ...«

»Dann seht mal zu, dass ihr eure Lücken schnell aufholt. *Hier* jedenfalls können wir mit Brüchen rechnen.« Die Lehrerin schrieb einen höllisch komplizierten Bruch mit hohen Zahlen an die Tafel und gab die Kreide an einen Jungen aus der letzten Reihe weiter. »Severin, zeig du unseren Neuzugängen mal, wie man das macht.«

»Ist doch easy«, schnaubte der. Severin bedachte die

Klasse mit einem hochnäsigen Grinsen, und dann ging er mit federnden Schritten nach vorn. Er war groß, hatte breite Schultern und igelkurze rotblonde Haare. Einen Ohrring trug er auch noch.

Severin führte sicherlich die Jungs der Klasse an, die sich für besonders cool hielten. Darüber waren sich die Trabbel-Schwestern nach der Schule sofort einig. In Deininghofen angekommen lästerten sie erst einmal kräftig ab.

»Was für ein Hinterwäldler-Geschmack die alle haben!«, stöhnte Bella und zupfte sich ihre hohen Strümpfe glatt.

Franka wiegelte ab: »Sie legen eben nicht so viel Wert auf Kleidung. Ist vielleicht praktischer, wenn man hier ist…«

»… und ständig Traktor fahren muss und den Hühnerstall ausmisten«, lästerte Vicky, die Trabbel mit der spitzesten Zunge.

»Und wie die uns im Schulbus angesehen haben! Als wären wir Aliens«, fuhr Bella fort, während sie Franka geschickt einen französischen Zopf flocht. »Dabei sind *wir* hier unter lauter Aliens. *Wir* sind auf dem Mars gelandet, alles komisch grau hier, mit lauter grünen komischen Männchen in langweilig grauen Anzügen.«

»Trotzdem werden wir uns irgendwie ein bisschen

Mühe geben müssen. Die können uns das Leben sonst echt schwer machen«, gab Franka zu Bedenken.

»Pfff, egal«, machte Vicky. »Solange wir uns haben und wir zusammenhalten – wer soll uns da schon was anhaben?« Sie rückte hinter Bella und flocht ihr ebenfalls einen Zopf. Wie oft hatten sie das so schon gemacht, sich hintereinander sitzend die Haare geflochten. Tausend Mal? Zweitausend Mal? Öfter? So fühlte sich Dazugehören an. So was gab es nur bei Franka und Vicky und Bella.

Trotzdem ließ Franka die Idee nicht los, dass sie in ihrer neuen Klasse ein bisschen für gute Stimmung sorgen sollte. Und wie konnte ihr das besser gelingen als mit Schokolade? Schokolade mochte ja schließlich jeder. Bisher hatte es noch niemanden gegeben, der Frankas Schoko-Kreationen widerstanden hätte.

Zwei ganze Nachmittage verwendete sie dafür und einen Gutteil ihrer Schoko-Vorräte, die sie aus Berlin mitgebracht hatte. Dunkle Schokolade natürlich – mit hohem Kakaoanteil. Daneben noch Bio-Blütenzucker und Bio-Lavendel. Mit diesen teuren Zutaten dekorierte sie ihre Pralinen nur bei ganz besonderen Anlässen. Aber Franka fand, ein Einstand in einer neuen Schule – das war einer.

Als sie allerdings am Mittwoch zur ersten Pause ihre wilden bunten Kreationen verteilte, war die Reaktion nicht ganz so enthusiastisch, wie Franka sich das ausgemalt hatte.

»Was'n das?«, fragte Severin angewidert und deutete auf die blauen und gelben Blüten auf seiner Praline.

»Zier-Blüten. Die kannst du mitessen.«

»Blumen?! Sehe ich etwa aus wie 'ne Kuh?« Hinter ihm feixte eine ganze Truppe Jungs, darunter auch Mattis Ruf. Der spuckte seine Praline gleich in den Mülleimer. »Pfui, bäh! Was is'n das für 'ne komische Schokolade? Die schmeckt ja gar nicht süß.«

»Natürlich nicht«, belehrte ihn Franka, »je süßer und heller, desto mehr Zucker enthält sie. Desto minderwertiger ist die Schokolade.«

»Mir egal, wenn sie dafür schmeckt!«, sagte Mattis.

»Und ob sie fair gehandelt wurde, ist dir auch egal?«, fragte Franka.

Doch Mattis zuckte nur mit den Schultern und gurgelte statt einer Antwort demonstrativ mit Wasser aus seiner Trinkflasche.

»Banause!«, zischte Franka leise, hoffte aber insgeheim, dass Mattis das nicht gehört hatte. Doch wie sich zeigte, waren mindestens die Hälfte ihrer Klassenkameraden Banausen, die sich laut über diese »Eititei-Schoki« lustig machten. Und weil sie wegen Regenpause sowieso im Klassenzimmer blieben, begannen die coolen Jungs um Severin aus lauter Langeweile, ihre Pralinen hin und her zu schmeißen.

Franka war entsetzt. Severin hatte mit einem fiesen Grinsen eine Zielscheibe auf die Tafel gemalt und er und seine Freunde übten mit Gummiflitschen das Zielschießen. Vorher hatten sie nasse Papierkügelchen genommen, die unappetitlich an der Tafel klebten. Doch irgendwer war auf die blöde Idee gekommen und hatte eine seiner Pralinen in die Abschussvorrichtung gesteckt. Und die anderen aus der Truppe hatten es nachgemacht.

»Hey«, rief Mattis rüber, »deine Pralinen schmecken zwar nicht, aber sie haben saugute Flugeigenschaften. Die solltest du dir patentieren lassen!«

Ab da war es um Franka geschehen. Bis jetzt hatte sie nur in blankem Entsetzen dem ganzen Treiben zugesehen, ebenso wie Bella und Vicky. Doch als Bella ein unterdrücktes, entgeistertes Geräusch von sich gab, brach der Wall, brach es aus Franka heraus. Die Hand auf den Mund gepresst, stürmte sie aus dem Klassenzimmer.

Als die Tür ins Schloss fiel, konnte man gerade noch die tiefe Stimme von Johanna hören, die im Klassenzimmer schimpfte: »Spinnt ihr eigentlich völlig? Das sind doch Lebensmittel! Außerdem hat sie sich Mühe gegeben damit …« Mehr bekam Franka nicht mit, denn ein Schütteln ging durch sie durch. Ein Heulkrampf bahnte sich an.

Vorsorglich kamen Bella und Vicky ihr hinterher und schoben ihre Schwester ins Mädchenklo, wo sie sich alle in eine Kabine zwängten. Vor lauter Schluchzen brachte Franka erst einmal gar nix raus. Vicky hatte den Arm um sie gelegt, während ihr Bella über den Kopf strich. Keine brauchte etwas zu sagen, sie redeten mit ihren Händen und Fingerspitzen. Jede verstand sofort alles, was die andere zu ihr sagte. Dass sich Franka so viel Mühe gemacht hätte … Dass die da drinnen alles Banausen seien … Dass sie diese tollen Kreationen einfach nicht verdient hätten … Jede von ihnen hatte natürlich mehrere davon gegessen und fand die Nougatfüllung übrigens ausgezeichnet … Das alles sagten Vicky und Bella nur mit ihren Fingern. Es war beinahe so, als hätten sie ihre eigene Gebärdensprache.

Deswegen konnte sie auch niemand hören. Und Johanna musste zweimal ins Klo kommen und nach Franka rufen, bis sie die Drillinge gefunden hatte.

Franka zog es vor, in der Kabine zu bleiben. Aber Johanna gab nicht auf. Sie postierte sich vor der Tür: »Das war echt gemein. So sind die nicht immer. Weil ihr neu seid, haben sie ein bisschen aufgedreht. Wollen zeigen, wer hier das Sagen hat.«

Franka nahm sich ein wenig Klopapier und putzte sich die Nase. Sie konnte immer noch nichts sagen, vor lauter Schluchzen bekam sie kaum richtig Luft.

»Franka?«, fragte Johanna vor der Kabine.

»Ja?«, antwortete stattdessen Vicky.

»Lass dich nicht unterkriegen, ja? Severin, Mattis und die anderen, die reißen nur gern ihr Maul auf. Wenn man sich nichts scheißt und es denen zurückgibt, dann nehmen sie einen irgendwann ernst. Glaub mir, das weiß ich, weil ich es selbst schon erlebt habe. Ich spiele mit denen Fußball.«

Franka hatte sich zwar immer noch nicht ganz berappelt, aber immerhin schien der Heulkrampf etwas abzuflauen. Reden konnte sie immer noch nicht. Bella übernahm für sie: »Danke. Danke, dass du gekommen bist.«

»Ich geh dann mal. Danke für die Praline übrigens.«

Die Klotür hatte schon gequietscht, und Vicky wollte gerade zur Beruhigung Franka ihre letzte eigene Praline in den Mund stecken, da kam noch etwas Leises vom

Eingang. Ein Friedensangebot von Johanna: »Kommt doch am Sonntagnachmittag mit an den Moorsee. Da treffen sich immer alle. Solange es noch ein bisschen warm ist…«

Zoff hoch drei

»Wir brauchen die doch nicht. Lass die einfach links liegen!«, ereiferte sich Vicky und drehte sich zu ihren Schwestern um. Doch Franka hatte schon fünf Minuten, nachdem sie überhaupt am Moorsee angekommen waren, genug.

Auf der winzigen regenmatschigen Liegewiese konnte man sich nicht wirklich aus dem Weg gehen. Mittendrin lagerten Mattis, Severin, Johanna und noch ein paar Kinder aus Deininghofen, deren Gesichter die Trabbel-Drillinge mittlerweile aus dem Schulbus kannten.

Neben Johanna, die ihnen fröhlich zugewunken hatte, saß ein großer braunhaariger Junge voller Sommersprossen, die aussahen, als wäre er in einen Nieselregen aus Schlammspritzern gekommen. Er hatte einen Strohhut halb ins Gesicht gezogen. Auch ihn kannte

Franka aus dem Bus. Er war etwa ein, zwei Jahre älter als sie und ziemlich still. Franka hatte noch nie ein Wort von ihm gehört.

Als Anführer der Deininghofener Kids spielten sich eher Severin, der kühle Rechner, und der miesepetrige Bäckerssohn Mattis auf. Die hatten die Trabbels auch gleich mit hämischem Johlen begrüßt.

»Achtung! Tussenalarm! Macht euch ja nicht dreckig!!«, hatte Mattis geätzt. Er hielt das Bein so langgestreckt, dass Vicky fast darüber gefallen wäre. Severin pfiff den Mädchen prollig hinterher.

»Lasst sie«, Johanna schnalzte den beiden kurz mit einem Handtuch eins rüber. »Ich habe ihnen gesagt, dass sie kommen sollen.«

»Dann pass mal auf, dass du den Stadttussis nicht auch noch das Schwimmen beibringen musst!«, ranzte Severin.

»Wir können schwimmen!«, ranzte Vicky zurück. »Wahrscheinlich besser als du!«

»Das will ich sehen, du Stadtzicke!« Und Severin riss sich sein T-Shirt vom Leib und sprintete zum Ufer. Vicky hingegen zog sich erst einmal sorgfältig um, legte ihre Klamotten in einem Korb zusammen, band sich umständlich die Haare hoch, nahm die handtellergroße Sonnenbrille von der Nase und stapfte dann vorsichtig ins Wasser. Der See war Anfang September schon empfindlich kalt.

Franka und Bella folgten und zogen die Blicke aller Umliegenden auf sich. Schwer zu sagen, war's die Drillings-Kombi? Oder doch der beeindruckend goldene Glitzeranzug von Bella, in dem sie mit ihren offenen blonden Haaren aussah wie Goldmarie bei Frau Holle? Hatte Franka richtig gesehen und Bella hatte tatsächlich ein paar Strähnen blondiert?

Severin hatte bereits die ganze Deininghofener Meute hinter sich her ins Wasser gezogen, wo sie sich gegenseitig tauchten, rauften und sich mit großen Schaumstoff-Wasserpistolen bespritzten. Sogar ein Gummiboot hatten sie mitgebracht. Darin saß der schmächtige Mattis – mit der mächtigsten Wasser-Wumme auf dem ganzen See.

Die Drillinge blickten sich skeptisch an. Vicky watete todesmutig bis zu den Waden ins Wasser.

»Erghhh, eiskalt!«, maulte sie. Bella blickte sorgenvoll in den halb bewölkten Himmel. Trotzdem stapfte sie hinterdrein, Franka ebenso.

Schon als sie den ersten Schritt gemacht hatte, wusste sie, dass sie nicht hätte herkommen sollen. Nicht allein wegen der Jungs. Es war dieser eklige Moorsee. Mit dem Glitsch zwischen den Zehen. Und die brauntrübe

Brühe, in der man niemals sehen konnte, was darin schwamm. Igitt! Und nochmal igitt!

Was hatte sie sich nur dabei gedacht? Hätte sie nicht ahnen können, dass der See etwas anderes war als das frisch gechlorte Freibad in der Stadt? Warum hatte sie so aufgeregt ihr Bade-Outfit zusammengestellt? Den Picknickkorb mit viel zu vielen Köstlichkeiten überladen. Sie hatte sogar kleine Mozzarella-Tomaten-Spießchen eingepackt – die waren unverfänglicher als Pralinen.

Doch sie konnte ihren Gedanken gar nicht länger nachhängen, schon hatte sie ein satter Strahl aus Mattis' Wasserkanone getroffen. Bäh! Entsetzt kreischte Franka auf. Ihr Bikini war bald pitschnass durchweicht, sie selbst aber noch keinen Schritt weitergekommen.

Severin höhnte: »Ach, ist die Prinzessin etwa wasserscheu?«

»Was ist?«, unkte Mattis auf seinem Boot. »Braucht ihr etwa Schwimmflügel?«

Die drei Schwestern standen indes immer noch nur mit den Füßen im Wasser, völlig unschlüssig, ob sie weiter reingehen sollten oder nicht. Bis plötzlich jemand anders ihnen beisprang.

»Hör nicht auf ihn«, rief Johanna, die inzwischen im Wasser war, rüber, »der hat sie selbst erst vor zwei

Jahren ausgezogen.« Sie kam zu den Drillingen hergeschwommen, ging einen Schritt aufs Ufer zu, zog Vicky an der Hand und forderte sie auf: »Los, Franka, wir kentern sein Boot und dann kannst du sehen, dass er selbst kaum schwimmen kann!«

Franka wollte die Verwechslung noch aufklären, aber Johanna hatte Vicky schon im Schlepptau. Und sie und Bella hatten Schwierigkeiten überhaupt mitzukommen. Gemeinsam schwammen sie an Mattis' Boot heran und auf Johannas Kommando schubsten sie es – eins, zwei, drei – um. Die Mädchen klatschten sich ab. Diesem Maulhelden hatten sie es gezeigt.

Prustend tauchte Mattis wieder auf, spuckte Rotz und Wasser, hatte sich dann aber schnell wieder erholt. Sofort schnappte er sich den erstbesten Drilling, dessen er habhaft werden konnte – Franka – und versuchte, sie unterzutauchen. Verzweifelt suchte Franka Halt zu finden, aber das undurchsichtige Wasser war schon zu tief.

Im Augenwinkel sah sie, dass die anderen Vicky und Bella angriffen. Franka wehrte sich standhaft. Doch der drahtige Mattis erwies sich als zäher Kampf-Ninja und Franka, die ihrerseits versuchte, ihn zu tauchen, hatte keine Chance. Nach mehreren Versuchen hatte Mattis sie endlich an der Schulter zu packen bekommen und untergetaucht.

Franka ergriff Panik. Wie lange wollte dieser Mistkerl sie eigentlich noch untertauchen? Ihr würde die Luft ausgehen. Hilfe!

Mit letzter Kraft versuchte sie Mattis zu entkommen. Todesmutig tauchte sie noch tiefer, so tief, dass man sofort nichts mehr sehen konnte und schwamm in die nächstbeste Richtung weg. Inmitten einiger Schilfpflanzen tauchte sie auf.

Hier wartete sie ab, bis sich ihr Herzklopfen und ihr Atem beruhigt hatten. Aber als sie danach um die Ecke blickte, tat sich das nächste Problem für sie auf: Aus diesem beschissenen See gab es plötzlich keinen Weg mehr heraus. Um sie herum wuchs ein dichter Schilfgürtel, der sie vom Ufer trennte.

Sie konnte nicht mehr zurück.

Kein Mensch war mehr im Wasser. Alle hatten sich zurückgezogen. Nicht mal Mattis' leuchtend gelbes Gummiboot war noch irgendwo zu sehen.

Die Kids hatten aufgegeben, es war wohl doch zu frostig. Nur Franka war noch in diesem Eiswasser und fror. Und sie fand keinen Weg raus! Verzweifelt versuchte sie durch das Schilf zu waten, aber die harten Halme piekten unter ihren Sohlen. Außerdem war da wieder dieser beunruhigende Glitsch zwischen den Zehen! »Hilfe!«

Langsam überkam sie wirklich Panik. »Hilfe!«

Franka stapfte ein paar Meter weiter in die eine Richtung, von der sie glaubte, dass dort zuvor noch Mattis gewesen war. Doch da war nichts – am Ufer nicht die kleinste Lücke im Schilf. Verflixt, da musste doch irgendwo ein Zugang sein. »Hilfe!«

Vom nahen Ufer hörte sie Stimmen, laute von den Jungs und irgendwo von weiter weg auch Bella und Vicky. »Franka?«, fragte Bella gerade. »Hey, wo ist Franka?«

»Hier!«, rief Franka und ihre Stimme ließ mehr Panik durchscheinen als ihr lieb war. »Hier!«

»Wo hier?«

»Hiiier!« Jetzt quietschte die Stimme endgültig. »Ich finde keinen Durchgang. Hilfe!«

Für das »Hilfe« würde sich Franka ein Leben lang schämen. Sie konnte eigentlich halbwegs gut schwimmen, sie war nicht weit weg von ihren Schwestern, der Moorsee war bestimmt nicht lebensgefährlich kalt, und Haie gab es sicher auch nicht. Trotzdem hatte sie »Hilfe!« geschrien. Alles um sie herum war ihr fremd … Und dann war da noch das bedrohlich trübe Wasser, der komische Untergrund – irgendein Gestrüpp oder irgendwas anderes Seltsames hatte gerade ihren Oberschenkel gestreift … das alles verlangte nach einem »Hilfe«, einem unterbewussten »Hilfe«.

Und die Hilfe kam.

Nicht von Vicky. Oder Bella.

Nein, sie kam von einer anderen Seite, ganz unerwartet. Hinter einer Kuhle im Schilf war doch noch jemand. Und der meldete sich mit einer Stimme, die Franka noch nie gehört hatte. So tief und sicher, dass man nicht glauben konnte, dass sie einem Jungen gehören sollte: »Komm, ich zeig dir den Weg raus.«

Der Sommersprossen-Typ, der neben Johanna auf der Wiese gelegen hatte, hielt ihr die Hand hin. Die braunen Augen hatten sofort etwas Beruhigendes. Franka, deren Panik augenblicklich in Scham umschlug, griff dankbar nach der Hand.

Sie ließ sich aus dem Schilf führen, das der fremde Junge nur kurz zur Seite bog. Sicher leitete er sie auf dem matschigen Trampelpfad zum Ufer.

Sobald das Festland und die anderen Kinder in Sicht gekommen waren, hatte der Junge Frankas Hand wieder losgelassen. Dafür fragte er, als sie langsam durch den Moormatsch zur Wiese gingen: »Und welche von den Drillingen bist *du* jetzt?«

»Franka.«

»Ah, du sitzt neben meiner Schwester.«

Franka nickte.

Der Junge sagte mit seiner Stimme, die so tief war, als müsse er sie erst vom Grunde des Sees hochtauchen: »Ich bin Rudi.«

Johanna und Rudi. Aha. Franka fragte sich, warum eigentlich die Nettesten in diesem Ort die beklopptesten Namen haben mussten. Aber dieser Gedanke konnte sie nicht davon ablenken, dass sie knallrot vor Scham angelaufen war. Dieser Hilferuf war ja wohl mehr als lächerlich gewesen, ratterte es durch ihr Hirn. Sie hatte sich wie ein Kleinkind aufgeführt!

»He, Franka, da bist du ja endlich!«, rief Bella ungeduldig von ihrem Badetuch rüber. Abrupt ließ Franka Johannas Bruder stehen. »Äh … danke, … äh … Rudi. Aber wir müssen gehen!«

Mit einem Mal konnte es Franka nicht schnell genug gehen mit ihrer Flucht. Eilig stapfte sie das abfallende Ufer hoch. Und da geschah es: Auf der morastigen Wiese rutschte sie ab, konnte sich nicht mehr halten und klatschte mit ihrem schönen strahlend weißen Bikini voraus mitten in das matschige Gras.

Von den Deininghofenern hörte man bereits Mattis und Severin spotten. Aber Franka sah nicht auf. Sie konnte vor lauter Peinlichkeit niemandem in die Augen schauen. Nicht Johanna, nicht Rudi, nicht mal ihren Schwestern.

Keine drei Minuten später saßen alle drei Trabbels auf ihren Rädern und düsten davon.

Auf halber Strecke machte Bella schlapp: »Mensch Franka, du rast wie ein Weltmeister.«

»Ich will einfach nur nach Hause.«

»Das wollen wir alle. Aber bis in die Stadt zurück schaffen wir es mit dem Rad heute nicht mehr.«

Franka konnte auf den Auflockerungswitz ihrer Schwester überhaupt nicht eingehen. Die Scham brannte immer noch auf dem ganzen Gesicht.

»Das meine ich nicht.«

»Weiß ich schon. Aber *ich* wäre gern zu Hause«, betonte Bella. »Weg von diesem Urwald-See, von diesen hinterwäldlerischen Idioten …«

»… diesen Proll-Idioten«, verbesserte sie Vicky. Franka musste unwillkürlich grinsen. Manchmal traf Vicky den Nagel auf den Kopf.

»Wir werden hier nie Freunde finden!«, seufzte Bella. »Mama muss mit uns zurück! Zurück zum Prenzlberg.«

»Das kannst du vergessen«, meinte Franka düster, »das macht die nie.« Sie holte aus ihrer buntgemusterten Fahrradtasche die Tupperdose mit den Tomaten-Mozzarella-Sticks und bot ihren beiden Schwestern etwas an.

Bella nahm wie Vicky einen Stick und schmatzte laut. »Aber hier sind wir nur unglücklich!«

»Vielleicht müssen wir uns einfach ein bisschen besser auf sie einstellen«, versuchte Franka diplomatisch einzulenken. »Johanna hat doch gesagt: Wir müssen ihnen nur ein paar Mal zeigen, dass wir uns nicht unterkriegen lassen, dann wird's besser.«

Doch Bella fuhr ihnen grob über den Mund: »Ach was, nichts wird besser! Wir passen einfach nicht hierher. Das wird sich nicht ändern.«

Mit einem Mal wurde Franka richtig sauer. Bella ging gar nicht darauf ein, was sie gesagt hatte. Sie versuchte doch nur, das Beste aus ihrer ausweglosen Situation zu machen. Aber es schien gerade so, als wollten ihre sturen Schwestern nicht mal einen Versuch wagen, in Deininghofen klarzukommen. Nur sie selbst hatte wie immer das vermaledeite Bedürfnis, zwischen allen zu vermitteln. Wie sie es hasste, wenn ihre Schwestern so wenig Einsicht zeigten!

Darum sagte sie auch ein bisschen schärfer als sie es sonst vielleicht formuliert hätte: »Wenn wir bei jeder Gelegenheit etwas normaler auftreten und nicht wie aus dem Katalog, hätten wir vielleicht auch eine Chance in Deininghofen …«

Bella kniff überrascht die Augen zusammen. »Wie

meinst du das?«, fragte sie mit einem deutlichen Unterton.

»Na ja, Strass-Sandalen, goldener Badeanzug, blondierte Strähnchen …«

Jetzt war Bella richtig angefressen. »Na und? Ich kann rumlaufen, wie ich will. Und es sind immer noch meine Haare. Du wirst mir nicht sagen, wie ich zu sein habe!«

Wutentbrannt packte Bella ihr Rad, stieg auf und brauste ohne einen Blick nach hinten davon. Franka, die ihr gerade noch die Tupperdose hingehalten hatte, ließ diese sinken. Sie hatte wohl einen wunden Punkt getroffen. Dabei hatte sie gar nicht mit ihr streiten wollen. Ihre Nerven lagen nach der Sache am See nur etwas blank.

Dachkammer hoch drei

Die miese Laune von Bella sollte den ganzen Abend der Trabbel-Drillinge bestimmen. Vicky und Franka hatten zwar hoch und heilig versprochen, Bella wegen ihrer blondierten Strähnen nicht bei Babs zu verpfeifen. So was Gemeines machte keine von ihnen. Trotzdem ließ sich Bella nicht aufmuntern und schlief grummelig ein, während sie Franka, die mal wieder in der Ritze lag, ins Gesicht schnaufte. Vicky auf der rechten Seite hatte ihren Arm bis zur Mitte ausgestreckt und so musste sich Franka auf ihrem ohnehin beengten Platz auch noch ducken.

Als sie dann noch vor dem Kirchturmuhr-Inferno um sechs Uhr aufwachte, fühlte sich Franka deswegen ganz verdreht und verknautscht. Sie hatte schlecht geschlafen, weil sie die Katastrophe vom Vortag einfach nicht hatte abschütteln können: Sie hatte um

Hilfe gerufen, war vor aller Augen in den Matsch geplumpst. Dazu noch die versaute Pralinenaktion in der Klasse … Und wie es so ist in der Grauzone zwischen Schlaf und Wachsein: Alles erscheint einem noch größer. Das Peinliche wurde noch peinlicher, der Spott noch beißender, die Hand, die einen untertauchte, noch unerbittlicher. Die Blamage noch blamabler.

Irgendwann hielt sie es nicht mehr aus, schlich in die Küche und machte sich daran, ein halbes Dutzend Gläser von innen mit einem neuen Mix aus geschmolzener Schokolade und exotischen Gewürzen zu bestreichen. Wenigstens dieser neue Tag sollte mit etwas Freundlichem beginnen.

Auch ihre Mutter Babs war schon auf und lehnte müde an dem alten Küchenbüfett, während sie wartete, bis die Espressomaschine aufgeheizt war. Babs war schon angezogen – in ihren typischen Pluderhosen und ihrem Tuchturban. Heute trug sie nur Lila. Nein, dachte Franka, diese Familie wird es nicht schaffen, nirgendwo aufzufallen.

»Na, Zimtschnecke, wie geht's so? Wie war die erste Woche in der Schule?«, fragte Babs. Diese seltenen zweisamen Momente vor dem Frühstück genoss Franka immer ganz besonders. Wenn Babs noch nicht ihren Turbo eingelegt hatte und man einfach so und ohne To-Do-Liste mit ihr plaudern konnte.

Franka überlegte kurz, ob sie Babs die volle Wahrheit erzählen sollte – dass ihre erste Schulwoche ein echtes Debakel gewesen war. Aber dann wollte sie ihre Mutter nicht traurig machen.

»Geht schon«, wand sie sich raus. Verlegen begann sie, ihre Schokolade in den Schmelzbehälter zu bröckeln. In ganz, ganz kleinen Stücken, sodass sie Babs nicht ansehen musste.

»Habt ihr Freunde gefunden? Kids in eurem Alter?«

Freunde?!? Mama, träum weiter. Das dachte Franka allerdings nur. Ihrer Mutter sagte sie: »Ist noch ein bisschen früh.«

»Johanna von nebenan müsste in deinem Alter sein.«

»Ja, die sitzt neben mir.«

»Das ist doch gut. Die scheint ganz okay. Ich habe mit Konrad, ihrem Papa, immer Fußball gespielt. Wir waren in der Grundschule wohl so was wie Freunde. Seine Familie wohnte damals schon neben uns.«

»Und nach der Grundschule?«

»Da hat Konrad angefangen, Karpfen zu angeln und Kaninchen auszunehmen.«

»Brrrrrr…«

»Brrr, du hast recht. Vielleicht ist er sogar ein bisschen schuld daran, dass ich Vegetarierin geworden bin. Und ihr auch.«

»Vicky wollte da neulich Falafel kaufen.«

Ihre Mutter kicherte und nahm einen Schluck frischen Kaffee aus ihrer Einhorn-Espresso-Tasse. »Um Himmels willen: Vegetarier-Gedöns in der Metzgerei! Das war bestimmt Dorfgespräch danach. Dieser Klatsch und Tratsch hat sich seit 20 Jahren nicht verändert. Hier weiß jeder über jeden Bescheid.«

Franka erhitzte das Wasserbad langsam und rührte beständig in ihrem Schokoladentopf. Heute würde sie Chilifäden und roten Pfeffer in die Schokolade mischen. Dies war eindeutig ein Tag für scharfe Untertöne.

»Echt schlimm, wenn alle über einen reden«, murmelte sie. »Ich dachte, wir wollten dem üblen Gerede entkommen. Deswegen sind wir hier.«

»Ach Süße«, sagte Babs und gab Franka einen Kuss auf den Scheitel, »so ist es nun mal im Dorf, wo man sich kennt. Am besten man weiß selbst genau, wer welchen Dreck am Stecken hat. Dann kann man sich zur Not mit den gleichen Mitteln wehren.«

Babs schien zu merken, dass Franka immer noch nicht überzeugt war. Sie setzte an: »Okay, ich habe ein Beispiel für dich. Franz Breitstetter – der Bürgermeister. Habt ihr den schon mal gesehen?«

Franka zuckte mit den Achseln.

»Der hatte mal ein Verhältnis mit eurer Oma Eleonore. Vor ewigen Zeiten. Es ging ganz lange gut, bis euer Opa dahinterkam und Breitstetters Frau davon erzählt hat. So schnell hast du gar nicht gucken können, wie Breitstetters Frau ihren Franz an die Kette genommen hat. Und Opa hat uns alle in die Stadt verfrachtet. Was ihm am Ende nichts genützt hat, denn Eleonore hat ihn trotzdem abserviert… aber egal, darum geht's nicht. Wichtig ist, dass ich das weiß. Und als der Herr Bürgermeister von Deininghofen mir mein Hotel zuerst nicht genehmigen wollte…«

»Du hast – was…?«, fragte Franka ungläubig.

»Na ja«, grinste Babs und nahm noch einen weiteren Schluck Espresso, »schlussendlich hat der Gemeinderat mir mein Hotel erlaubt…«

»Wow«, staunte Franka. »Und du weißt über jeden hier Bescheid? Auch über, sagen wir… den Metzger Konrad?«

Babs überlegte kurz, tippte einen Finger in Frankas Schokotopf, schleckte ihn genüsslich ab, verdrehte wegen der Schärfe kurz die Augen und sagte dann: »Hm, Affären hat der Konrad keine, soweit ich weiß. Ach ja, wenn er euch ärgert, dann sag ihm, dass sein großer Rudi ständig auf unserer Terrasse herumlungert. Der hat die Vorzüge von unserem offenen WLAN-Netz entdeckt. Zu Hause darf Rudi bestimmt nicht so viel Handy spielen. Konrad und seine Frau Tami sind nämlich saumäßig streng.«

Nun probierte Franka ihrerseits mit einem Finger die Schokomischung. Ui ja, die war scharf geworden!

»Weißt du wirklich über jeden Bescheid hier?«

Babs zögerte kurz, aber Franka ließ nicht locker: »Über Mattis Ruf zum Beispiel?« Den ekelhaften Bäckerssohn hatte Franka ja gefressen, seitdem er sie so gnadenlos untergetaucht hatte und ihre Pralinen durchs Klassenzimmer geschossen hatte.

»Mit seiner Mutter war ich im Gymnasium. Der Konrad war ewig hinter ihr her, weswegen seine Ehefrau Tami so eifersüchtig auf Mattis' Mutter ist. Tami hat mir erzählt, dass Mattis eine Glutenallergie hat. Als Sohn von einem Bäcker. Ausgerechnet! Die Rufs versuchen, das möglichst geheim zu halten. So was ist ja geschäftsschädigend, wenn der eigene Sohn kein einziges Brötchen von dir isst!«

Franka grinste vor sich hin, als sie nun die Kakaogläser von innen mit ihrer Chili-Pfeffer-Schoko-Mischung bestrich. Dieser Mistkerl von Mattis hatte also auch seine schwache Seite. Und dann gab es noch jemanden. »Und was ist mit Severin? Severin Mack? Den kann Vicky nicht ab. Weißt du was über den?«

Babs kniff die Augen zusammen. »Die sind nicht von hier, die sind erst hierher gezogen, als wir schon weg waren. Seinem Vater gehört die große Schreinerei am Kreisel. Vinzent Mack ist im Gemeinderat und hat als Einziger gegen mein Hotel gestimmt letzte Woche.«

»Echt?«

»Ja. Ich habe ihm hier keinen Auftrag gegeben, weil er Tropenholz verwendet. Na ja, toll fand's Severins Papa wohl nicht. War wohl eine Art Rache, dass er gegen das Hotel gestimmt hat. Nur über seinen Sohn weiß ich gar nix. Leider.«

Schade, fand Franka, die ihre Gläser alle bepinselt hatte und Babs das erste davon rüberschob. Während Babs an ihrem teuer glänzenden Espresso-Automaten schon mal Milch für sich und Franka schäumte, sagte sie über das Zischen hinweg: »Ach übrigens, bei uns geht's voran. Wir haben ein weiteres von unseren eigenen Zimmern fertig. Die Dachkammer kann bezogen werden!«

Die Dachkammer war zwar wirklich nur eine Kammer, so winzig, dass mehr als ein Bett, eine Kommode und ein Schreibtisch nicht hineinpassen würden. Aber sie hatte ein schönes Erkerfenster, aus dem man wunderbar weit hinausschauen konnte – weit über alle abgemähten Stoppelfelder und sogar fast bis zum Moorsee.

Ja, die Dachkammer war klein, aber sie war ideal für einen Drilling, der ganz dringend aus der Besucherritze raus und in sein eigenes Reich wollte …

Franka nahm einen tiefen Schluck der scharfen heißen Schokolade, nahm ihren Mut zusammen und fragte: »Darf ich vielleicht … da einziehen?«

Doch das »da einziehen« drohte leider unterzugehen. Babs' lilafarbene Pluderhose hatte zu läuten angefangen und Frankas Mutter kramte umständlich nach ihrem Handy. »Ja, ja, gleich, Schatz …« Als sie das Smartphone endlich in der Hand hielt, starrte sie ungläubig auf die Nummer.

»Eleonore, was rufst du denn in aller Herrgottsfrüh hier an?«

Babs hatte recht, Nachrichten in Deininghofen schienen sich schneller zu verbreiten als sonst wo. Die Nachricht mit der Dachkammer hielt bis genau 6:31 Uhr. Dann hatten auch Vicky und Bella am Frühstückstisch die Neuigkeit spitz gekriegt. Babs hatte sie ihnen nur kurz verkünden können, musste dann aber wieder dringend ans Handy, weil Oma Eleonore schon wieder anrief. Irgendeiner ihrer üblichen emotionalen Notfälle. Wahrscheinlich hatte ihr aktueller Gönner gerade den Sylt-Urlaub abgesagt, oder war's Mallorca …? Die Drillinge hatten den Überblick verloren, sie wussten nur, dass Babs' Mutter des Öfteren vor sich hin kriselte und sich dann gern und ausführlich bei Babs ausheulte.

Egal, jetzt ging es ja um die Dachkammer. Und nicht nur Franka war ein Fan der sensationellen Aussicht. »Das ist doch super«, freute sich Vicky, »dann kann ich da oben unsere Computerzentrale und unseren WLAN-Router installieren.«

»Nein«, widersprach Bella. »Mama hat mir versprochen, ich bekomme ein Zimmer, wo ich auch noch meine Nähmaschine unterbringen kann. Und meine Schneiderpuppe kann dann unters Fenster …«

»Das ist doch doof, wenn du die Aussicht gar nicht genießt, dann brauchst du das Zimmer doch gar nicht!«, argumentierte Franka. Sie war regelrecht wütend auf ihre beiden Schwestern. Immer tröstete sie Bella, wenn sie Heimweh hatte und spielte mit Vicky stumpfsinnige Ballerspiele, wenn diese sich abreagieren musste. Ihr Engagement würde sich schon irgendwann auszahlen, hatte Franka gedacht. Deswegen nörgelte sie weiter: »Außerdem liege ich immer in der Besucherritze. Ich habe schon so oft nachgegeben. Jetzt habe ich auch mal was verdient.«

Dieses Argument war unschlagbar, dachte Franka. Bella und Vicky mussten nachgeben. Und zunächst sah es auch danach aus.

Bella nämlich schien was begriffen zu haben. Ihre Schwester stand auf und legte ihre Hände in Frankas Nacken. Wie fies! Einer Nackenmassage konnte Franka niemals widerstehen.

»Du hast recht«, sagte Bella, während sie die Drillingsschwester weichknetete, »du liegst immer in der Besucherritze. Eigentlich ist das nicht fair. Ich mache es wieder gut, ja?«

Unruhig rückte Franka auf ihrem Küchenstuhl hin und her. Am liebsten hätte sie Bella abgeschüttelt, auch wenn es sich sehr, sehr gut anfühlte, wenn sie die verspannten Schultern bearbeitete.

Auch bei Vicky tat das seine Wirkung. »Stimmt«, sagte sie, »ich habe mich noch gar nicht bedankt dafür.« Sie beugte sich ein bisschen runter, um auf Augenhöhe mit ihrer Schwester zu sein, die mit dem Kopf in die Massage abgetaucht war. Hmmm, wie fein ...

»Danke«, sagte Vicky, sobald sie Frankas Blick erhaschen konnte. »Zwanzig Mal Danke. Und Tausend

Mal Danke für diesen besten aller Kakaos, den du uns jeden Morgen vorsetzt. Ohne diese Köstlichkeiten wären wir hier ganz verloren. Was aber eigentlich nicht heißen sollte, dass du jeden Morgen Frühstück machen musst …«

Zur Bestätigung schlürfte Vicky demonstrativ ihre Reste aus dem Kakao. Franka musste grinsen.

»Genau«, pflichtete Bella Vicky bei, »es wird Zeit, dass wir lernen, wie das mit der heißen Schokolade geht. Dann können wir auch mal die Frühstücksschicht übernehmen. Damit es wieder fairer wird. Du bist einfach immer viel zu nett zu uns.«

Blödes Stichwort, fand Franka. »Nett« – das wollte sie gerade nicht hören. Das würde sie nur wieder einlenken lassen. Also drückte sie ihre Schultern durch, schüttelte Bellas Hände ab und erwiderte: »Nett ist die kleine Schwester von Scheiße. Wenn ihr glaubt, dass ich jetzt nachgebe, weil ich nett bin, dann habt ihr euch geschnitten!«

Bella wich zurück, Vicky ebenso. Nahezu aus einem Mund sagten die beiden »*So* war das jetzt nicht gemeint!«

»Ehrlich«, fügte Bella hinzu. »Wir wollten doch nur, dass du nicht böse bist …«

Aber Franka wollte sich dieses eine Mal nicht über

den Tisch ziehen lassen. Dieses eine Mal wenigstens! Außerdem mochte sie Bella nicht so recht glauben. Misstrauisch meinte sie: »Aha. Und warum kommt ihr mit diesen Komplimenten gerade jetzt um die Ecke?«

»Okay. Okay«, lenkte Vicky ein. »Das hier führt zu nichts. Wir müssen das mit Babs klären. Alle drei zusammen.«

»Aber Mama telefoniert«, wandte Bella ein.

»Dann müssen wir eben warten, bis sie für eine Familienkonferenz Zeit hat. Diese wichtige Sache müssen wird anständig ausdiskutieren! Sonst ist es für keine von uns fair.«

Trotzdem, das Warten auf eine Familienkonferenz hielt Franka nur sehr schlecht aus. Ungeklärte Streitereien mit ihren Schwestern fühlten sich immer so an, als würde sie mittendurch in drei Teile zerrissen. Ein Teil gehörte Vicky, ein Teil Bella und ein Teil ihr selbst. Meistens der kleinste Teil von allen. Wenn sie länger miteinander verstritten waren, waren sie nicht mehr Trabbel hoch drei. Dann war Franka nur noch eine Trabbel *durch* drei. Ganz verloren.

Fast schon, fast freute sich Franka an diesem Morgen auf die Schule. Auch wenn das hieß, dass sie wieder auf diese Mistkerle Severin und Mattis treffen würde und auf die Mädchen, die sie immer noch schräg beäugten. Wenigstens würde sie neben Johanna und nicht neben Vicky und Bella sitzen müssen, die sie gerade wirklich nicht sprechen wollte. Mit Johanna hatte man wenigstens seine Ruhe.

Aber an diesem Morgen sollte das nur so was wie die Ruhe vor dem Sturm sein. Johanna war wirklich dankenswerterweise sehr still, während Franka heimlich beobachtete, wie sich Bella und Vicky bockig anschwiegen. Auch hier herrschte dicke Luft.

Wäre da nicht ab und an ihre Lehrerin gewesen, die Franka oder die anderen beiden Trabbels mit spontanen Fragen triezte, hätte Franka den Morgen verschlafen. So aber fiel ihr auf, dass es in den hinteren Reihen ziemlich unruhig war. Irgendwer hatte wohl ein Blatt oder einen Brief oder einen Zettel gefunden. Der wurde gerade von einem zum anderen gereicht. Seltsam, dachte Franka noch. Sie hatte das Gefühl, heute besonders angestarrt zu werden. Aber das lag vielleicht nur an der besonders schlechten Laune, da war man besonders empfindlich …

Auf der Heimfahrt aber bestätigte sich ihre Ahnung. Man hatte wohl tatsächlich hinter ihrem Rücken über sie gesprochen. Denn im Bus ging der ominöse Zettel an Johanna, Frankas Sitznachbarin, weiter. Rudi hatte ihn nach vorne gegeben. Franka, die auch im Bus neben Johanna saß, konnte gar nicht anders als selbst einen kleinen neugierigen Blick auf das mittlerweile schon arg verknitterte Blatt zu werfen.

Eine Millisekunde, wirklich nur eine Millisekunde genügte, um zu sehen, worum es sich handelte.

Der Artikel.

Dieser verdammte, beschissene, vermaledeite, oberbescheuerte, falscheste aller falschen Artikel! Ausgerechnet hier! Das konnte doch nicht sein.

Franka war starr vor Entsetzen. Sie konnte nichts tun. Nicht Johanna das Blatt entreißen. Nichts sagen. Nicht mal atmen, so schien es. Sie konnte nur gebannt nach links schauen und sehen, wie Johanna Zeile für Zeile studierte. Franka brauchte nicht mitzulesen. Die Worte hatten sich in ihr Gedächtnis gebrannt und waren da nicht mehr auszulöschen *»arrogant hoch drei«*, *»wer angibt, der hat mehr vom Leben«*.

Der Artikel, die Schande, weswegen sie aus der Stadt geflohen waren! Und nun hatte er sie doch bis hierher verfolgt, bis ins allerletzte Kaff der Welt. Bis nach Deininghofen.

»Johanna«, versuchte Franka zu sagen, brachte aber nicht einmal ein Krächzen zustande. Ihre Kehle war wie ausgetrocknet. Dafür war eine Träne zu locker gesessen, die sich langsam von ihren Wimpern löste und stumm die Wange herunterlief.

Plötzlich ging alles sehr schnell. Bella, die in der Sitzreihe gegenüber vom Gang saß, hatte zu Franka rübergelinst. Sie sah Frankas Tränen, sie sah das Papier. Auch ihr genügte nur ein Blick, um zu erkennen, was es war. Blitzschnell war sie auf Frankas Seite geschossen und zog an dem Papier, das Johanna im Reflex festhielt. Mit einem lauten Ratsch riss es entzwei.

Nun schaltete sich auch Vicky ein, an die Bella das Papier weitergegeben hatte. Vicky war die Kämpferin der Trabbels. Da, wo Bella und Franka schon aufgaben, war auf Vickys Kampfgeist immer Verlass.

»Wer war das?«, schrie sie durch den halben Bus und reckte das halb zerrissene Blatt in die Höhe. Nichts passierte.

»Wer war das?«, schrie sie noch einmal.

»Fräulein!«, kam es da von vorn, vom Busfahrer. »Setz dich sofort wieder hin und halt die Klappe!«

»Das mache ich nicht!«, wehrte sich Vicky. Sie war nicht zu bändigen. »Ganz bestimmt nicht. Nicht ehe ich weiß, wer das gewesen ist.«

»Fräulein!«, drohte der Busfahrer noch einmal. Vicky blieb trotzdem stehen.

Da erhob sich noch jemand.

Severin.

»Mein Vater hat's gefunden. Im Internet. Kommt sofort, wenn man nach Trablinburg googelt.«

Vickys Wangen waren flammend rot angelaufen. Gleich würde sie platzen.

»It-Girls!«, höhnte Severin verächtlich. »It-Girls? Echt jetzt? Und was machen die feinen Damen dann in Deininghofen? Eine Nobel-Buttike eröffnen? Gleich neben eurem Nobel-Hotel?«

Das reichte! Vicky hatte mit einem Handgriff die Plastikflasche aus ihrem Schulranzen gezogen, stürmte nach vorn, drehte im Laufen die Flasche auf und schwappte Severin deren Inhalt ins hämisch grinsende Gesicht.

Niemand hatte gemerkt, dass der Bus mittlerweile stand. Alle waren so von der Auseinandersetzung zwischen Severin und Vicky beeindruckt, dass keiner gesehen hatte, wie der Busfahrer nach hinten gekommen war. Jetzt stand er direkt hinter Severin, den er mit dem Arm einfach nur zurück in seine Sitzreihe drängte.

Dann hob er an und ließ zwischen jedem Wort eine kleine Pause, damit es noch bedrohlicher klang: »In – diesem –Bus – wird – nicht – mit – Wasser – gespielt! Hier – wird – nicht – geprügelt! Wer – prügelt – fliegt! Raus!«

Ehe sich Vicky versah, war sie vor die Tür gesetzt

worden. Und weil Bella und Franka sie unmöglich allein auf dem weiten Feld stehen lassen konnten, waren sie gleich mit ausgestiegen.

Jetzt standen sie da und sahen dem immer kleiner werdenden Rückfenster des Schulbusses hinterher, aus dem Mattis meinte, ihnen noch blöde Grimassen schneiden zu müssen. Um sie herum war nur Feld. Abgeerntetes, dunkel gepflügtes Feld. Kein Zeichen von Zivilisation weit und breit. Nicht mal eine Stromleitung verlief hier.

Zudem roch es fürchterlich. Offenbar hatte der Bauer gerade eine Portion Gülle über den Acker gekippt, der jetzt verdächtig feucht war.

»Na toll«, maulte Bella. »Da hat uns Fräulein Viktoria mal wieder in die Scheiße geritten!«

»Ach ja?«, keifte Vicky. »Wer war denn überhaupt schuld, dass dieser Artikel erschienen ist? Doch wohl du! Weil du immer im Mittelpunkt stehen musst. Wenn Frau ›Ich-bin-die-Allertollste‹ sich nicht vorgedrängelt hätte, wäre dieses dumme Interview gar nicht gemacht worden.«

Jetzt ereiferte sich Bella. Sie spuckte ihrer Schwester die Worte förmlich ins Gesicht: »Und du Ekelpaket hast mich dumm dastehen lassen. DU hast meine geheime Idee mit dem Mode-Label ausgeplaudert!«

»Hey, hey, hey«, versuchte Franka zu beschwichtigen. Ihr war ganz elend zumute angesichts ihrer streitenden Schwestern. »Wir haben alle Mist gebaut …«

»Stimmt!«, grollte Vicky und keifte jetzt stattdessen Franka an: »Fräulein Franka hat bei dem Interview unseren Instagram-Account zum Abschuss freigegeben!«

»Den mussten wir auch löschen!«, setzte Bella drauf.

Franka erstarrte. Wie konnte es sein, dass sie jetzt auf ihr rumhackten? Sie hatte doch immer nur vermitteln wollen! Das war nicht fair! Tausenderlei Entgegnungen lagen ihr auf der Zunge. Jede Geschichte, bei der sie im Laufe ihrer zwölfjährigen Drillingszeit den Kürzeren hatte ziehen müssen, hätte sie herauskramen wollen. Die Besucherritze, die Dachkammer … Aber Franka sagte nichts. Ihre Schwestern würden sowieso wissen, was ihr auf der Seele brannte. Die Trabbels konnten auch bei Streit ohne Worte reden.

Und so standen sie in der kräftigen Mittagssonne und gifteten sich stumm an. Bis schließlich Franka das Schweigen brach. Sie blinzelte in die Sonne: »Und was nun?«

Vicky übernahm, ihren Ärger mühsam unterdrückend: »Ich kenne den Weg, den der Schulbus nimmt. Aber das ist ein Umweg. Es sind bestimmt noch zehn Kilometer oder so nach Hause.«

»Aber ich habe nur die an …«, jammerte Bella und zeigte auf ihre millimeterdünnen Ballerinas, die sie heute zu ihren Overknees angezogen hatte. »Ich schaffe keine zehn Kilometer.«

»Dann müssen wir durchs Feld! Deininghofen liegt im Süden, wir müssen …«, Vicky sah einmal prüfend nach dem Sonnenstand und deutete dann entlang des stinkenden Ackers, » … da lang!«

»Aber meine Schuhe«, versuchte nun auch Franka zu protestieren. Ihre knallroten Chucks waren niegelnagelneu. Ihre letzte Anschaffung aus der Stadt. »Können wir nicht Mama anrufen, dass sie uns abholt?«

Bella zückte das Handy und reckte es in alle Himmelsrichtungen.

»Hier ist kein Empfang …« Westen. Bella ging ein paar Schritte. »Hier auch nicht …« Süden. Noch ein paar Schritte. »Hier auch nicht …« Osten wie auch im Norden: »Nix.« Außer ein paar Lichtreflexen auf der Strass-Hülle ihres Smartphones tat sich nix.

»Mitdenken könnt ihr wohl beide nicht«, schimpfte Vicky. »Mama gibt ja heute ihr Car-Sharing-Auto wieder ab. Die ist erst am Nachmittag zurück. Schon vergessen?« Ihr Unterton war äußerst ungnädig. Den schlug sie immer an, wenn die Begriffsstutzigkeit ihrer Schwestern sie nervte.

»Okay, dann laufen wir eben«, lenkte Franka ein.

»Spinnst du? Mit DEN Schuhen?«, ätzte Bella zurück.

»Und was sollen wir anderes machen?« Der Ton ließ keinen anderen Schluss zu: Vicky war jetzt *wirklich* genervt.

»Weiß nicht, nicht laufen jedenfalls.«

»Du hast verloren, Schätzchen. Trabbel-Entscheid. 2:1. Wir laufen jetzt!«

Bella war deutlich ins Gesicht geschrieben, wie unglücklich sie der Mehrheitsentscheid machte. Die Unterlippe zitterte.

Es fehlte nicht viel und Franka ließ sich von den Wuttränen ihrer Schwester anstecken. Die Aufregung der letzten halben Stunde setzte ihr immer noch ziemlich zu.

Doch Bella hatte sich schon wieder gefangen. Und wie: »Ich komme mit«, stieß sie hervor. »Aber nur wenn ich die Dachkammer kriege!«

Das war zu viel! Jetzt explodierte Vicky.

»Das steht hier ja wohl gar nicht zur Debatte! Mein Serverraum ist ja wohl wichtiger als dein Modefimmel. Du siehst ja, wie wenig der Modescheiß zum richtigen Leben taugt!« Sie deutete auf die Schühchen ihrer Schwester, drehte sich um und stapfte mitten durch das

Feld, irgendwohin in die Richtung, wo sie Deininghofen vermutete. Mitten durch den frisch nach Jauche stinkenden Acker.

»Na klar, dass du mal wieder nur an dich denkst!«, rief ihr Bella hinterher und stiefelte ihr nach.

Franka setzte sich ebenfalls in Bewegung: »Bella! Bitte! Vicky! Ihr braucht euch gar nicht streiten, Mama hat *mir* die Dachkammer versprochen.«

»Schnauze«, kam es wie aus einem Mund von den beiden anderen Drillingen, die sich mit grimmigem Ausdruck zu ihr umdrehten.

»Mit dir redet niemand!«, fauchte Vicky, die schon 20 Meter voraus war. Bella hatte deutlich Mühe, auf ihren glatten Ballerinas mitzukommen.

Es roch w-i-d-e-r-l-i-c-h. Obwohl Franka versuchte, nur durch den Mund zu atmen, schien sich der Güllegestank überall festzusetzen. Sie meinte sogar, den Kuhdung auf ihrer Zunge schmecken zu können.

Das war tatsächlich das Tüpfelchen auf dem i. Alles, was bis dahin passiert war, hätte an sich schon gereicht. Dass Severin und sein Vater diesen Artikel überall verbreitet hatten, war das Allerletzte. Überall kannte man sie nun als die verwöhnten, zickigen, überkandidelten Mädchen aus der Stadt.

Aber am schlimmsten wog der Streit zwischen ihr

und ihren Schwestern. Jeder einzelne Schritt in dem Jauchefeld fiel ihr schwer. Sie ließ sich hinter ihren Schwestern zurückfallen, die zwanzig Meter voneinander entfernt stumm nach Hause liefen.

Normalerweise zankten sie sich um Kleinigkeiten, Krimskrams, etwa darum, wer heute bei Tisch vor Kopf sitzen durfte, wer das Abendbrot abräumen musste, wer Hausaufgaben für alle machte und wer in der Besucherritze schlafen musste. Kleinigkeiten, die man nach einem kurzen Aufbrausen, ein bisschen Schmollen und Einlenken immer noch geregelt bekommen hatte.

Man konnte sich immer, immer, immer auf die gewohnte Trabbel-Einigkeit verlassen. Am Ende des Tages hatte es immer einen Kompromiss gegeben.

Nur das hier war was völlig anderes. Niemand wollte nachgeben, niemand wollte einen Kompromiss. Der Schnitt ging tiefer. Das war das Ende.

Katzenjammer hoch drei

Sogar die Wahrscheinlichkeit, aus dem Bett zu fallen und zu sterben ist größer als die, als eineiiger Drilling auf die Welt zu kommen. Eins zu zwei Millionen, übrigens. Das hatte Franka in einem Taschenbuch zu unnützem Wissen gefunden. Ihr musste schon brutal langweilig sein, wenn sie in einem dieser Bücher blätterte. Doch Franka wäre lieber vor Langeweile gestorben, als sich heute noch mit ihren Schwestern abzugeben.

Sie hatte sich heimlich in die Dachkammer verzupft. Vielleicht, wenn sie hier schon mal Stellung bezog, konnte ihr die keiner mehr so schnell wegnehmen. Sogar einen ihrer eigenen Umzugskartons, die noch ungeöffnet im Keller standen, hatte sie im Schweiße ihres Angesichts hier hochgehievt. Das gab ihr sicher einen kleinen Vorsprung im Kampf um die Dachkammer.

Doch oben angekommen, bemerkte sie gleich noch etwas: Es standen schon mehrere Kisten da. Eine von Vicky. Zwei von Bella.

Sofort war es mit ihrem Elan auch schon wieder vorbei. Sie musste sich erst einmal auf den Boden setzen und durchschnaufen. Irgendwie eng war es hier mit den vielen Dachschrägen. Kein Vergleich mit ihrem alten Zimmer in der Stadt! Und dann blendete gleißend die nackte Glühbirne an der Decke und der neue Parkettboden stank intensiv nach Wachs und Holz.

Die Dachkammer, die Franka so unbedingt hatte haben wollen, machte es ihr nicht gerade leicht, sich auf Anhieb in sie zu verlieben. Franka musste sich fast dazu zwingen, an die unbequeme Besucherritze im Doppelbett zu denken, wegen der sie so verzweifelt ausziehen wollte.

Unentschlossen nahm sie den ersten Stapel Bücher aus der Kiste, legte ihn auf das unbezogene Bett und begann in dem obersten Buch zu blättern. »Unnützes Wissen«. Nur jedes 100ste Schwein in Deutschland lebt draußen, stand darin …

Aber es war schwer, sich auf das Lesen zu konzentrieren. Vom Erdgeschoss nämlich drangen Stimmen zu Franka hoch.

Mit tränenerstickter Stimme bearbeitete Bella ihre

Mutter: »Wir können nicht hierbleiben, Mama. Sie haben den Artikel gelesen. Alle wissen Bescheid. Deswegen kann ICH NICHT mehr in diese Schule gehen! NIE MEHR!«

Man konnte förmlich hören, wie die Tränen flossen. Sofort war Franka froh über den Abstand, den sie gerade zu ihrer Schwester hatte. Bestimmt hätte sie wieder mitgeweint.

Auch Vickys Stimme – ruhig, besonnen, vernünftig – konnte man hören: »Du musst doch sehen, dass es für uns jetzt gar keinen Grund mehr gibt, warum wir hier in diesem verschlafenen Deininghofen sein sollten. Uns mag hier keiner. Jeder lässt uns spüren, dass wir nicht hierher gehören. Der Bäcker, der Metzger, Severin Mack und sein Vater, – alle Kinder, die so alt sind wie wir ...!«

Mutter Babs antwortete irgendwas. Aber sie sprach sehr viel leiser als die beiden Drillinge, weswegen Franka nichts verstehen konnte. Sie schien aber nicht auf Vicky und Bella einzugehen, denn Bella heulte laut auf.

Franka unterdrückte den Impuls, den sie immer in solchen Situationen hatte: Nein, sie würde nicht runtergehen und versuchen zu vermitteln, damit sich alle wieder vertrugen. Auch wenn sie innerlich noch stinkwütend auf ihre egoistischen Schwestern war, musste sie Bella ja insgeheim recht geben: Auch sie wollte hier nicht mehr sein. Alles war fremd hier. Noch nie in ihrem Leben hatte sie sich so einsam, verlassen und allein gefühlt.

Franka musste schlucken. Doch bevor sie auch nur Gegenmaßnahmen ergreifen konnte, läutete es Sturm an der Trabbelschen Villa. So laut und penetrant, dass es nur ein Notfall sein konnte. In der Küche quietschten Stühle, und Sekunden später hörte man, wem Babs die Haustür geöffnet hatte.

»Oma!«, riefen Vicky und Bella gleichzeitig.

Oma Eleonore? Die war doch eigentlich mit ihrem neuen Lover Heinz (oder hieß er Hans?) auf Sylt (oder Mallorca? Oder Teneriffa?) unterwegs. Was machte die denn hier?

»Oma?« Franka stürmte ungläubig nach unten. Dort bot sich ein eindrucksvolles Schauspiel. Inmitten eines unübersichtlich hohen Haufens von Gepäckstücken stand ein kleines, schrillbuntes Persönchen. Oma Eleonore.

War Babs mit ihren Kaftanen und Pluderhosen schon auffällig wie ein bunter Papagei, und waren die Trabbel-Drillinge mit ihrem unangepassten Styling in Deininghofen schon oft verspottet worden – Oma Eleonores

Erscheinung konnte alle Trabbels noch locker toppen. Die zierliche Seniorin hatte sich so dick mit Modeschmuck behängt, dass ein Dekolleté nicht mehr sichtbar war. Sie trug eine überdimensionierte Handtasche mit Leopardenmuster, Absätze von mindestens zehn Zentimetern und ein hautenges fliederfarbenes Kostüm mit übergroßen Flamingos darauf. Ihre Haare hatte die Trabbel-Großmutter im gleichen Farbton gefärbt – flieder.

Doch etwas war trotzdem merkwürdig an dem sonst so mondänen Auftritt ihrer Oma. Sie wirkte ein wenig durcheinander, ihr Halstuch hing nur noch mit einem Zipfel an ihr, der Nagellack war abgeblättert, am Schopf war der graue Haaransatz nicht zu übersehen und das letzte Mal ordentlich frisiert hatte sie sich vielleicht vorgestern.

Babs sprach aus, was alle Trabbels wissen wollten: »Was ist denn los? Was machst du denn hier? Bist du nicht auf Reisen?«

»Hannes, dieser Mistkerl, hat mich sitzenlassen. Ist mit einer anderen durchgebrannt. Einer Älteren! Ich sei ihm zu jung, hat er gesagt. Die Jungen hätten zu viele Ansprüche … Jedenfalls ist er mit der Neuen gleich mal auf unsere Kreuzfahrt gegangen und hat mir nur erklärt, ich soll ausgezogen sein, wenn er zurückkommt. Dieser Mistkerl. Jetzt stehe ich buchstäblich auf der Straße. Ihr müsst mir helfen!«

Oma Eleonore zuppelte ein Stofftaschentuch aus ihrem Ärmel, das in der gleichen Farbe umsäumt war wie ihr Kostüm. Mit einem dramatischen Anflug tupfte sie sich über die völlig trockenen Augen. Eleonore wusste mit traumwandlerischer Sicherheit, wie man Aufmerksamkeit erregte.

»Na, komm erst mal rein und beruhige dich«, meinte Babs und hakte ihre aufgelöste Mutter unter. »Vielleicht kann Franka uns allen einen ihrer fabelhaften Trost-Kakaos machen und dann beratschlagen wir, wie wir dir helfen können.«

»Na schön«, sagte Eleonore und ließ einen Seufzer hören, der eine Fallhöhe von Frankas Dachkammer bis hinab in den Keller hatte. »Nichts gegen dich und deine Fabelhaft-Kakaos, Schätzchen. Aber habt ihr vielleicht nicht noch ein bisschen was Stärkeres für meine heiße Schokolade?«

Und so geschah es, dass Oma Eleonore bei den Trabbel-Damen einzog. Babs hatte sie ja schlecht wieder nach Berlin zurückschicken können, wo sie kein Zuhause mehr hatten. Wo sie *alle* kein Zuhause mehr hatten, was Babs und ihre Drillinge schmerzhaft feststellen mussten.

Noch etwas musste Franka schmerzhaft feststellen: Die Dachkammer, auf die sie sich schon so gefreut hatte, bekam nun natürlich Oma Eleonore. Noch am selben Abend gingen zwei der fünf Koffer nach oben unters Dach. Alle Umzugskartons wurden wieder rausbugsiert. Im Badezimmer belegte Oma in Windeseile mehr als die Hälfte aller Ablageflächen. Allein ihre Parfümsammlung – für jede Stimmung ein anderer Duft – verschlang den Platz, den Franka für ihre gesamten Bad-Utensilien brauchte.

Ihren Traum von dem eigenen Zimmer unter der Dachkammer hatten alle drei Schwestern aufgeben müssen.

»Aber, Schätzchen«, sagte Oma Eleonore, und man wusste nicht, welchen Drilling genau sie damit eigentlich meinte, »ihr werdet jede noch euer eigenes Zimmer bekommen. Jede. Die Villa der von Trablinburgs ist doch groß genug für uns alle. Schließlich habe ich hier schon gewohnt, da war ich noch so jung wie ihr!«

»Wir wollten hier aber nicht wohnen. Das war nicht unsere Idee«, merkte Bella an.

Doch die Oma griff ihrer Lieblingsenkelin nur liebevoll unters Kinn. »Wir alle müssen manchmal Dinge aushalten, die wir nicht wollen. Ich wollte ja auch nicht, dass mein Hannes, diese Mistkröte, sich eine Ältere sucht…« Bella konnte unter Omas festem Griff nur mehr nicken. »Aber versprochen, Schätzchen, ich sorge höchstpersönlich dafür, dass eure Zimmer bei der Renovierung Vorrang haben! Ihr sollt euch hier ja schließlich wohlfühlen in meinem alten Zuhause!«

Dieses Versprechen sollte Oma Eleonore tatsächlich einhalten, denn bereits am nächsten Tag nahm sie das Heft in die Hand bei den Renovierungsarbeiten. Obwohl sie so eine zierliche alte Dame war, konnte sie so unerbittlich auftreten, dass selbst die am wildesten tätowierten Bauarbeiter vor ihr kuschten.

Jedenfalls schienen alle, seitdem Eleonore sie kontrollierte, schneller und effektiver zu arbeiten und am Haus machten sich die Fortschritte bemerkbar. Erste Zimmer hatten schon einen neuen Boden bekommen, bei einigen Bädern standen schon mal Klos und Waschbecken und für die Küche wurden zwei große Kühlschränke und ein ultramoderner Induktionsherd mit sechs Platten geliefert.

Auch wenn Letzteres Franka einigermaßen versöhnte, alles andere ging ihr nicht schnell genug. Sie wünschte sich nichts sehnlicher als endlich, endlich aus dieser Doppelbett-Falle mit ihren Schwestern herauszukommen.

Die Stimmung zwischen ihnen dreien war immer noch komplett vergiftet. Der Streit war zu hässlich, zu gemein und zu heftig gewesen. Vicky hatte sich komplett zurückgezogen. Wenn jemand sie ansprach, antwortete sie einsilbig. Mit ihren beiden Schwestern redete sie nur das Allernötigste und verschanzte sich hinter ihrem Technik-Park und der Ausrede, sie müsse Stoff für die Schule nachlernen. Franka hatte Vicky gebeten, ihr die wichtigsten Details zu erklären, die ihnen in Mathe und Englisch fehlten.

Aber Vicky hatte rigoros abgelehnt: »Wie oft soll ich es euch noch sagen? Ihr seid ab jetzt selbst für euch und eure Noten verantwortlich!«

»Dann sag mir wenigstens, *was* ich nachlernen muss«, bettelte Franka, aber Vicky wimmelte sie ab.

»Keine Zeit«, murmelte sie und wandte sich ihrem Laptop zu. Ein Skype-Hinweis war gerade aufgeploppt: »Emil ruft an.«

Emil? Häh? Aber Vicky klemmte sich ihren Laptop unter den Arm und verschwand Richtung Frühstücksraum. Der vormalige Salon sah zwar noch nicht aus wie ein Frühstücksraum, denn noch fehlte jegliches Möbelstück, aber immerhin war der Parkettboden schon verlegt und die Wände gestrichen. Vickys erklärter Lieblingsraum, denn hier war in einer Ecke der Internet-Router angebracht und Vicky genoss die Vorzüge des ultraschnellen WLANs. Oft saß sie spätabends noch hier und skypte mit Flo über Computerspielstrategien.

Während Vicky immer weniger mit ihrer Familie redete, hatte sich Bella auf das Gegenteil verlegt. Ständig lag sie Eleonore und Babs in den Ohren, dass sie zurück in die Stadt wollte. Franka konnte das Dauergenörgel längst nicht mehr hören.

Dabei war auch sie unglücklich in ihrer neuen Klasse, und nachdem ihr Ruf mit dem Artikel völlig ruiniert war, traute sie sich kaum, andere anzusprechen. Nicht mal Johanna, die schon mehrfach den Versuch unternommen hatte, sich zu verabreden. Aber Franka hatte sich mit allerlei fadenscheinigen Ausreden immer wieder herausgewunden. Ihr stand einfach nicht der Sinn danach, bei Johanna womöglich auf Rudi zu stoßen und auf noch mehr peinliche Situationen mit ihm.

Es genügte schon, dass er wie alle anderen auch den Artikel kannte. Der besonnene Rudi hatte zwar nicht einmal gelästert, aber natürlich hing er ständig mit den anderen Deininghofener Kids zusammen.

Und die nahmen überhaupt kein Blatt vor den Mund.

Severin nannte sie nur noch abschätzig »Trabbel-Prinzessin 1«, »Trabbel-Prinzessin 2« oder »Trabbel-Prinzessin 3«, wobei er immer wieder damit durcheinander kam, welche Zahl welchem Drilling entsprach.

Mattis hatte aus einem Röhrchen ein Gerät gebaut, mit dem er sie mit Papierkügelchen beschoss. »Trabbel-Shooter« hatte er seinen Schussapparat sinnigerweise getauft. Manchmal beschrieb er die Papiere noch mit irgendwelchen Schimpfwörtern, bevor er sie zusammenknödelte. Franka ließ die Kugeln an sich buchstäblich abprallen, aber sie wusste, dass Bella die allermeisten aufhob und sich ansah.

Sie zeigte die »Angeberzicken«-, »Z-Promis«- und »Schickitussi«-Zettel Babs beim Abendessen, zum Beweis dafür, wie gemein alle zu ihnen waren.

Babs blieb dennoch ruhig und wiederholte immer wieder: »Ihr dürft euch nicht provozieren lassen. Wenn ihr ruhig bleibt, werden sie es bald vergessen haben. Bald gibt es das nächste Gerücht, das sie durchs Dorf treiben, und ihr seid Schnee von gestern …«

»Zu Hause hatten wir aber Freunde. Ich hatte das Capoeira. Es gab sooooo viel mehr, womit wir uns beschäftigen konnten …«

»Bella, es tut mir wirklich, wirklich leid, dass es so gelaufen ist. Aber wir können hier nun mal nicht mehr weg. Wir haben kein Zuhause mehr in Berlin und wir wohnen jetzt hier, in der alten Trablinburg-Villa«, sagte Babs. »Schau mal, Süße, niemand wollte, dass dieser Artikel auffliegt. Und ich hätte mir wirklich gewünscht, ihr hättet hier neu anfangen können als vollkommen unbeschriebenes Blatt. Okay, drei Blätter.«

Doch Bella war offenbar nicht nach Lachen zumute. Sie reagierte nicht auf Babs' Witz.

»Ihr könntet mir ja helfen«, schlug Babs stattdessen ihrer Tochter vor. »Die alte Anrichte von eurer Großtante bräuchte dringend einen neuen Anstrich und Gardinen und Kissen habe ich auch noch keine in den Zimmern. Du könntest dir auch Stoffe und Farben selbst aussuchen. Niemand hat ein besseres Händchen für guten Stil als du …«

»Hmpf, Hmpf«, räusperte sich Oma Eleonore, die bis dahin ohne ein Wort in ihrem indischen Gemüse-Curry gestochert hatte.

»Okay, okay«, seufzte Babs«, niemand hat ein besseres Händchen als ihr beide, Bella und Eleonore …«

Aber Bella ließ Babs abblitzen. »Das Hotel ist dein Projekt, Mama«, erwiderte sie so kalt, dass sogar ein Polarbär in diesem Satz hätte erfrieren können. »Da mische ich mich nicht ein.«

Babs verzog traurig das Gesicht und schob ihren letzten Blumenkohl von einem Tellerrand zum anderen. Franka konnte den Kloß in ihrem Hals förmlich selbst spüren, sodass sie selbst keinen Bissen mehr runterbrachte.

»Ich könnte ja … helfen …«, warf sie leise ein, wusste aber sofort, dass es bestimmt keine gute Idee war. Franka konnte wunderbare Pralinen kreieren, leckerste heiße Schokolade schäumen. Aber Stoffe, Farben und Nähen? Dafür war sie total unbegabt. Das einzige Kleid, das sie sich jemals selbst geschneidert hatte, hatte lauter schiefe Nähte gehabt und hätte vielleicht einem Gorilla mit Haltungsschäden gepasst, nicht aber ihr. Aber wenn man es nur wirklich wollte, dann würde man das Nähen schon irgendwie lernen können. Außerdem bot ein Einkaufsbummel mit Eleonore in der Kleinstadt Appelstedt wenigstens ein bisschen Abwechslung zu der miesen Stimmung in Deininghofen.

Die Sache war nur die: Bella hatte sich wohl das Gleiche gedacht, und sie hängte sich am kommenden Tag doch noch an Eleonore dran. Franka bereute ihren Entschluss mitzugehen beinahe sofort. Stunden, mehrere langweilige Stunden verbrachten sie in Stoffgeschäften und diskutierten endlos mit dem Verkäufer über Bio-Baumwolle, faire Herstellung und allergiefreie

Kissen. Danach schleppte Eleonore die beiden auch noch in ein Farben- und Tapetengeschäft.

Als »Belohnung« – pfff – landeten sie schließlich in der Drogerie. Hier waren sowohl Eleonore als auch Bella in ihrem Element. Wimperntusche, Lidschatten, Schminkpinsel, Augencremes, Haartönungen – und wieder zurück zum Lipgloss … Franka schwirrte bald der Kopf, während Bella und Eleonore immer noch Energie für noch eine und noch eine Runde hatten.

Franka hingegen war müde, abgekämpft und enttäuscht. So hatte sie sich den Nachmittag wahrlich nicht vorgestellt. Nicht mal im Café waren sie gewesen, stattdessen drehte sich gerade alles um Kosmetik und Dekokram.

Bella und ihre Oma waren die perfekten Seelenverwandten. Auch Eleonore kannte sich in Mode- und Kosmetikfragen genauestens aus und diskutierte mit Bella über ihre neue Haartönung. Flieder? Pink? Oder eher ein zarter Blauton?

Wieder einmal hatte Franka das Gefühl, abgehängt worden zu sein. Bella, schon immer Omas Liebling, hatte Eleonore. Vicky hatte mit Onkel Flo ihren perfekten Seelenverwandten. Und Franka? Wen hatte sie?

Niemanden.

Keine Drillingsschwester, die zu ihr hielt. Keine

Oma und keinen Onkel. Und eine Mutter, die zu sehr mit ihrem Traum beschäftigt war.

Diese Einsamkeitsgedanken quälten Franka gerade, als sie hinter sich eine vertraute, dunkle Jungenstimme hörte: »Oha, Trabbel voraus.« Als sich Franka umwandte, sah sie Rudi und seiner Schwester Johanna direkt in die Augen.

Neugierig warfen die beiden einen Blick in den Einkaufskorb, den Oma und Bella bei ihr hatten stehen lassen. Franka wollte noch etwas sagen, wollte sich rechtfertigen, dass die ganzen Tiegelchen, Tübchen und Töpfchen gar nicht alle ihre waren … ihr gehörte ja eigentlich nur die Schokoladenmaske … Aber mitten im Satz verschluckte sie sich an ihrer eigenen Spucke. Franka musste so husten, dass erst einmal gar nichts ging.

»Na, Valerie, … äh Ella … äh Franka …?«, fragte Rudi stattdessen.

Mehr als ein Murmeln brachte sie als Antwort nicht raus. Ansehen konnte sie ihn und seine vielen Sommersprossen auch nicht. Sie beobachtete ihn nur verstohlen über den verzerrten Spiegel, der an dem Kosmetikregal angebracht war. Für direkten Blickkontakt war sie viel zu verlegen.

Rudi hingegen war für seine Verhältnisse richtig

gesprächig. »Na, Franka, musst du wieder Glitzer nachfüllen?«, fragte er.

»Kannst du nicht einfach mal nett sein!«, wies ihn sofort seine jüngere Schwester zurecht.

»Nett – pfff«, gab der zurück. »Nett ist die kleine Schwester von Scheiße.«

Bei diesem Spruch konnte Franka nicht anders. Wie ferngesteuert richtete sich ihr Blick direkt auf Rudi. Die Fernsteuerung schien auch die Temperatur in ihrem Kopf hochzuregeln. Spontanfieber machte sich auf ihren Wangen breit. Was gäbe sie jetzt um Hunderte von Sommersprossen, hinter denen man die knallrote Birne verbergen könnte!

Rudi hatte genau den Nagel auf den Kopf getroffen. Nettsein brachte sie nicht weiter. Nicht hier, nicht in Deininghofen, nicht bei Rudi. Nirgends.

»Lass Franka in Ruhe!«, pfiff ihn seine Schwester an. »Ein bisschen Pflege könnte dir schließlich auch nicht schaden. Vielleicht sollte Franka dir mal ein Deo aussuchen. Eines, das du dann auch mal benutzt!?« Sie zog ihrem Bruder mit der Familienpackung Klopapier eins drüber, drehte sich um und stapfte mit zwei Flaschen WC-Reiniger unter dem Arm davon. Wenigstens hatte ihre Banknachbarin Franka weitere Schmach gegenüber Rudi erspart.

Doch sein Ausspruch hatte sie tief getroffen. Nett – pfff!

Sie fühlte sich ohnmächtig. Immer hatte sich Franka angepasst. Immer hatte sie andere entscheiden lassen. Babs hatte entschieden, wo sie wohnte, Bella hatte entschieden, was sie anzog, Vicky hatte über ihren Schulkram bestimmt. Und immerzu hatte sie zu allem Ja gesagt, war immerzu nett gewesen. Nett und anspruchslos. Angepasst und langweilig. Ohne größere Eigenheiten.

Wenn sogar ihr direkter Nachbar nicht mal mehr wusste, wer sie war! Wenn er Franka nicht für Franka hielt, sondern für irgendeine Trabbel. Die nette Trabbel. Die immer nur *nette* Schwester!

Immer war sie nur der kleinste Teil von dreien gewesen. Und seit dem großen Zoff mit ihren Schwestern, der immer noch zwischen ihnen stand, fühlte sie sich noch viel geringer als eine Trabbel durch drei. Sie fühlte sich einsam, traurig und unsichtbar.

Nicht nur die Schmach gegenüber Rudi schwelte in ihr, nicht nur der Streit mit Bella und Vicky, noch etwas anderes schwelte in Franka. Und gerade entzündete sich dieser Funken zu einem großen Funken. Zu einem großen Funken Wut.

Ein Zeichen musste her.

Ein Zeichen, dass sie nicht allein ein Trabbel-Drilling war, sondern Franka. Franka von Trablinburg. Nicht ein Drittel, sondern ein Ganzes! Etwas ganz Eigenes. Man würde sie nicht mehr mit ihren Drillingsschwestern über einen Kamm scheren können. Niemand würde sie mehr verwechseln können. Und ob!

Alles was folgte, war völliger Zufall. Aber einer, der enorme Auswirkungen haben sollte. Ohne ihr Zutun blieb Frankas Blick auf dem Regal vor ihr kleben.

Mit einem Mal wusste sie, was sie tun würde. Sie zählte in ihrer Börse das nötige Kleingeld zusammen, schnappte sich das Ding aus dem Regal, ging zur Kasse und machte heimlich ihren Einkauf.

Dann musste sie nur noch warten, bis es Abend war, ihre Schwestern schon zu Bett gegangen waren und sie für eine kleine ungestörte Weile das Badezimmer für sich allein hatte.

An diesem Abend färbte sich Franka die Haare pink.

Pink hoch drei

Pink! Himmelschreiendes grelles Pink! Sogar Hello Kitty und Lillifee wären von dieser Farbe noch geblendet gewesen. Als Franka sich am nächsten Morgen das erste Mal bei Tageslicht im Spiegel betrachtete, erschrak sie selbst über ihren Anblick. Gar so intensiv hatte sie es eigentlich nicht haben wollen. *So* konnte man sie schon aus Kilometern Entfernung erkennen.

Die ganze Wut, die Franka durch den Abend zuvor getragen hatte, war plötzlich wie weggeblasen. Franka bekam wackelige Knie. Was würden ihre Schwestern dazu sagen, dass eine von ihnen so radikal ausscherte? Würde Babs sie ordentlich zusammenstauchen? Und was würde in der Schule passieren? War sie dem Spott überhaupt gewachsen?

Ja. Ja, das war sie. Franka beschloss, dass sie das

schon aushalten würde. Schließlich hatte sie sich ja deutlich von ihren Schwestern abheben wollen. Und deutlicher ging es ja wohl kaum.

Sie straffte ihren Rücken, hob das Kinn, und mit dieser stolzen Haltung ging sie hinab in die Küche, um das Frühstück für alle vorzubereiten.

Vicky war die Erste, die ihre verpinkte Schwester zu Gesicht bekam.

»Was … ist … denn … das?« Vicky rückte vor Schreck die Brille auf ihrer Nase zurecht.

»Ich habe jetzt meine Haare pink«, antwortete Franka und goss in aller Ruhe Milchschaum in Vickys Glas mit Zimtschokolade. »Du wolltest doch, dass wir in der Schule nicht mehr verwechselt werden. Ich würde sagen: Mission erfüllt.«

»Ist das dein Ernst?«, kam es von der Küchentür, in der jetzt auch Bella erschienen war. Sie hatte ihren blonden Schopf zu einem eindrucksvollen Turm drapiert, aus dem sich dekorativ hellblonde Strähnen lösten. Sie sah umwerfend aus.

Doch Franka hatte ihr für diesen Morgen eindeutig die Show gestohlen. Heute würden alle *ihre* Haare anstarren.

Auch Babs und Eleonore hatten nur noch Augen für Frankas neuen Look. Doch während Frankas Schwestern total aufbrausten, reagierten ihre Mutter und Großmutter bewundernswert gelassen.

Eleonore, die verdächtig nach einer heimlichen Morgenzigarette roch, sinnierte selbst nur: »Vielleicht hätte ich auch lieber Pink als Flieder nehmen sollen. Starke Farbe …«

Und Babs mit ihrem neuen Öko-Modefimmel hatte sowieso Verständnis für Frankas modisches Statement: »Nur du allein musst dich damit wohlfühlen. Was andere sagen, ist unerheblich.«

Vergeblich versuchte Bella, ihre Mutter auf ihre Seite zu ziehen: »Aber jetzt werden im Dorf und in der Schule alle erst recht über die Trabbels lästern!«

Doch Babs ließ sie abblitzen: »Das tun sie doch sowieso. Dann kann man ihnen genauso gut auch was zum Fraß vorwerfen. Gut gemacht, Franka!«

Das Lob ihrer Mutter hielt jedoch nicht lange vor. Ihre Schwestern ließen Franka ganz genau spüren, was sie von dem eigenwilligen Abgrenzversuch hielten. Nämlich nichts.

»Schweinchenpink auf dem Lande – großartige Idee!«, schnalzte Bella ironisch. Vickys Urteilsspruch war noch viel härter. Obwohl sie immer diejenige gewesen war, die am ehesten aus ihrem Dreiergespann ausbüchste, schien sie Frankas Aktion am allermeisten zu treffen. Sie ätzte: »Wenn du allein deine Entscheidungen triffst und unbedingt total anders aussehen willst als wir, dann kannst du jetzt auch allein das ganze Lästern aushalten!«

Bis zur zweiten Pause konnte sie sich ablenken, aber als sich Vicky und Bella für die Bio-Gruppenarbeit extra zwei andere Mädchen und nicht Franka aussuchten, ging ein kleiner Riss durch den pinken Trabbel-Drilling. Das Verhalten ihrer Schwestern verletzte sie so gründlich, dass sie nicht einmal mehr dazu kam, sich eine andere vernünftige Arbeitsgruppe zu suchen. Schließlich musste sie mit Mattis und Severin und noch einem dritten Jungen Pflanzenteile mikroskopieren. Ausgerechnet.

Die Jungs hatten nichts Besseres zu tun, anstatt der Zwiebelhaut und den Hagebuttensamen ganz andere Dinge unter die Lupe zu nehmen: Fingernageldreck, Popel, Ohrenschmalz und Haare. Mattis' semmelblonde Strähnen machten nicht viel her.

Nachdem auch die anderen ihre Haare unter das Mikroskop gelegt hatten, nickte Mattis Franka zu. »Willst du mal sehen, wie Tussihaare aussehen? Musst dir nur eins ausreißen …« Severin lachte laut auf.

Ruhig bleiben. Franka hatte sich an diesem Morgen geschworen, sich nicht mehr unterkriegen zu lassen. Es brauchte nur ein Augenzwinkern und ihr fiel die richtige, schlagfertige Antwort ein.

»Vielleicht ist es ja bei euch Landeiern noch nicht angekommen. Aber selbst ihr solltet die Haare eines Einhorns erkennen.«

»Ach, wie süß«, höhnte Severin. »In der Stadt lernt man noch, dass man ein Einhorn wird, wenn man sich die Haare rosa macht!«

Franka blickte nach hinten, wo Vicky und Bella über ihrem Mikroskop hingen. Jetzt, in diesem Augenblick hätte sie so unglaublich dringend ihre beiden Schwestern gebraucht. Doch obwohl sie den flehentlichen Blick ihres Drillings gesehen hatten, sahen sie demonstrativ weg.

Franka, die sich vor einer halben Minute noch so selbstsicher und stark vorgekommen war, wurden die Knie weich. Wenn Vicky ihr geholfen hätte oder wenigstens Bella, dann wäre sie jetzt nicht so allein dagestanden. Dann stünde es nicht drei große Klappen gegen sie. Dann wäre die Sache fair – drei gegen drei.

So aber spürte Franka ganz deutlich, wie unterlegen sie war. Severin und Mattis machten keinen Hehl aus ihrem Triumph. In der darauffolgenden Stunde ging Mattis grölend mit seinem »Trabbel-Shooter« auf Einhornjagd. Natürlich äffte Severin ihn nach. So wie auch der eine oder andere Junge aus der Klasse. Zunächst hatte Franka das Ganze an sich abprallen lassen. Mit pinken Haaren musste man ein wenig Spott schon aushalten können.

Doch bald war es so wie immer, wenn Mattis seine Finger im Spiel hatte. Irgendwann wurde es richtig gemein. Irgendwann hatte Mattis einen Satz gesagt, gegen den selbst die trotzige Franka mit den starken pinkfarbenen Haaren nicht gewappnet war. Mattis hatte sie auch noch auf dem Heimweg im Schulbus unter Beschuss genommen.

»Hört auf!«, versuchte Franka sich zu wehren. Aber Mattis zischte nur zurück: »Ich werde erst dann mit dem Schießen aufhören, wenn ich das Einhorn dahin zurückgejagt habe, wo es herkommt. Bei uns ist kein Platz für Leute, die sich für *Einhörner* halten.«

Und Severin, der neben ihm saß, setzte noch eines drauf: »Genau, ihr Einhörner meint einfach, ihr könnt so auftauchen und euch hier breitmachen, so wie es euch passt. Wir Deininghofener werden euch mal zeigen, wo euer Zuhause ist. HIER jedenfalls seid ihr nicht zu Hause! Verstanden, du Großstadttussi? Oder müssen wir uns erst richtig rächen?«

Was hatte das zu bedeuten? Severin hatte die Arme verschränkt und sich bedrohlich vor ihr aufgebaut. Er starrte sie feindselig an. Unwillkürlich lief Franka ein kleiner Schauder die Wirbelsäule hinab.

Als wolle Mattis das noch unterstreichen, schoss er noch mal Munition mit seinem Trabbel-Shooter ab. Eine besonders eklige Papierkugel ging direkt auf Frankas linke Wange. Es war ekelhaft. Ekelhaft!

Ein Teil von ihr wollte einfach nur aufstehen und Mattis sein Schießrohr entreißen. Leider reichte die Wut nicht, um einen Streit anzuzetteln. Wer weiß, ob der nicht wieder mit einem Rauswurf aus dem Bus endete. Und bestimmt würde dieses Mal keine ihrer Schwestern solidarisch sein und mit ihr aussteigen. Heute gewiss nicht.

Als ihr das klar wurde, gewann der andere, der größere Teil Oberhand. Der hilflose Teil, der Franka zweifeln ließ, ob das mit dem Haar so eine gute Idee gewesen war, oder nicht doch irgendeine blödsinnige, unüberlegte Kurzschlusshandlung, die ihr nur Ärger einbrachte.

Und allen anderen Trabbels dazu. Wenn das ganze Dorf so sehr gegen sie war, was sollten sie schon ausrichten können? Was sollte Franka mutterseelen- und schwesternseelen-allein dem Ganzen entgegensetzen können?

Noch eines von Mattis' Ekelgeschossen traf Franka.

Dieses Mal an der Stirn. Severin und Mattis heulten in lautem Triumph auf.

Und, plötzlich, da löste sich etwas bei Franka. Eine kleine Träne, vielleicht auch noch eine zweite, machte sich in ihrem Augenwinkel selbstständig.

Panik ergriff den Trabbel-Drilling. Niemand sollte sehen, dass sie verzweifelt war, wie hilflos sie sich fühlte. Mit einem schnellen Handgriff löste sie ihren Dutt und ließ die Haare runter. Dahinter konnte sie ihr tränenverzerrtes Gesicht erst einmal verstecken.

Zum Glück saß niemand neben ihr im Bus. Johanna hatte sich neben Rudi ganz nach hinten verzogen. Ihre Schwestern hockten ganz vorn und hatten in dem ganzen Tohuwabohu nicht einen Blick nach hinten riskiert. Vicky machte tatsächlich ihre Ankündigung wahr und ließ Franka ihr ganzes Unglück allein ausbaden. Noch eine Träne rann die Nase hinab. Und noch eine für Bella. Und noch eine für die unnachgiebige Vicky. Sie fühlte sich vollkommen ausgestoßen.

Zwischendurch klatschte immer mal wieder ein Geschoss an ihren Kopf. Aber das merkte sie kaum. Sie schottete sich ab. Gegen Severin und Mattis und alle Mitgröler im Bus. Gegen Johannas und Rudis Blicke, die sie förmlich in ihrem Nacken spürte. Gegen ihre Schwestern, die ihr Elend ignorierten.

Der Bus würde noch zehn Minuten fahren, bis sie aussteigen musste. Solange musste sie hinter ihrem pinkfarbenen Vorhang noch durchhalten. Dann könnte sie dieser Hölle entkommen. Weitere bittere Tränen nahmen ihren Lauf. Franka ließ sie stumm die Wange hinabgleiten. Niemals in ihren Leben hatte es einen Zeitpunkt gegeben, an dem sie sich einsamer und hilfloser gefühlt hatte als jetzt in dem Bus, als aller Spott, alle Missgunst und alle Ekelhaftigkeiten der Welt auf sie einprasselten.

Verschwörung hoch drei

Bis Franka plötzlich neben sich ein warmes Etwas bemerkte. »Rutsch mal, sonst passen wir nicht alle hin«, hörte sie Bellas Stimme. Noch ehe sich Franka versah, hatte Bella ihre Nase durch ihren Sicherheitsvorhang aus pinken Haaren gesteckt. Ihre Drillingsschwester war ihr so nah, als wäre sie ihr eigenes Spiegelbild.

In diesem Moment, umrahmt von pinken Strähnen, sah Bella aus wie Franka. Sie atmete wie Franka. Sie fühlte wie Franka.

Und sie begann zu weinen wie Franka. Eine Träne löste sich im Augenwinkel.

»Wenn du nicht sofort aufhörst, Mattis Ruf, erzähle ich deiner Mutter, dass du auf deinem Handy Spiele spielst, die erst ab 16 Jahren erlaubt sind. Mal sehen, was sie dazu sagt!«, hörte man in diesem Augenblick

Vicky wettern, die sich ebenfalls mit in Frankas Zweierreihe gequetscht hatte und über die Stuhlreihen hinweg brüllte.

»Woher…?« Man hörte, wie Mattis leise fluchte. Vicky hatte ihn erfolgreich eingeschüchtert. Danach tauchte sie hinter der Lehne ihres Sitzes ab und zog auch ihre beiden Schwestern tiefer.

»Hört zu«, flüsterte sie, so Trabbel-leise wie nur die Drillinge es konnten. »Mattis und Severin sind gerade mega-arschig. Aber wenn wir jetzt Schwäche zeigen, ist alles zu spät. Also, reißt euch zusammen. Nur bis wir zu Hause sind, okay? Kriegt ihr das hin?«

Bella holte tief Luft, hielt kurz inne, verkniff sich die Träne und atmete kontrolliert wieder aus. Dabei behielt sie Franka ganz genau im Blick. Die machte es ihr nach: Einatmen, Kraft tanken und kontrolliert ausatmen. Nach einer Minute kamen keine Tränen mehr nach. Nach zwei konnte sie vorsichtig alle Spuren aus dem Gesicht tilgen. Nach fünf Minuten wieder halbwegs geradeaus denken. Bis sie aussteigen mussten, hatten sich alle gesammelt und Bella hatte Frankas pinkfarbenes Haar zu einem schnellen dicken Zopf geflochten und ihr nebenbei ein bisschen beruhigend den Nacken massiert.

Beim Aussteigen trieb Vicky die beiden vor sich her:

»Lasst uns hier sofort verschwinden. Wir reden zu Hause.«

Dort angekommen, trommelte Vicky alle Trabbels in der Küche zusammen. Eleonore von Trablinburg musste ihren Vortrag unterbrechen, den sie gerade dem »faulsten Klempner der Welt« hielt, während Babs in verkleckten Malerklamotten auftauchte – sie strich gerade ein Gästezimmer mintgrün.

Bella hatte inzwischen für alle einen Trost-Kakao nach Frankas Rezept gemacht und eine Packung Dinkelwaffeln aufgerissen. Die Milch war zu heiß geschäumt, aber als Küchenlehrling hatte Bella die heiße Schokolade gar nicht mal so schlecht hinbekommen, befand Franka, die mit pinkem Zopf und rotgeäderten Augen regungslos auf der Küchenbank saß.

Babs sah Franka prüfend an: »Was ist passiert?«

Vicky antwortete an ihrer Stelle: »Die Jungs haben sie fertig gemacht. Wegen der neuen Haarfarbe. Sie waren megafies.« Kein Wort verlor Vicky mehr darüber, dass sie selbst gegen Frankas pinke Haare gewesen war. Dass sie und Bella im Bus sehr spät eingegriffen hatten.

»Gedroht haben sie uns übrigens auch«, fügte Franka hinzu, die ihren Schwestern ihr langes Zögern längst verziehen hatte. Schließlich hatten sie Franka gerade den Arsch gerettet. »Wir Trabbels sollen wieder dahin zurückgehen, wo wir hergekommen sind. Sonst würden sie sich im Dorf rächen. Ich habe wirklich Angst, dass sie …«

»Rächen? Wofür sollten sie sich rächen wollen?«, unterbrach sie Eleonore und biss mit spitzen Zähnen und feinsten Ess-Manieren die Mini-Ecke einer Waffel ab.

»Oh, da würde mir sofort was einfallen«, schmatzte Babs mit vollem Mund. Eleonore streifte sie mit einem missbilligenden Blick. »Die Gemeinde hat jahrelang auf das Haus hier gewartet. Sie wollten daraus ein Altersheim machen. Ein ganz besonders nobles. Gediegen und ruhig. Mit zahlungskräftigen Rentnern, die alle möglichst viel im Haus bleiben und nicht weiter auftragen.«

»Ist aber nix daraus geworden aus der vorletzten Ruhestätte für alte Gesellen«, feixte Oma Eleonore und drückte ihren Rücken so kräftig durch, dass man ein Gelenk krachen hörte. »Babs und Flo und ich haben nicht verkauft, als meine Schwester Gerda uns die Villa hinterlassen hat. Wir sind selbst hergezogen und haben unsere eigenen Pläne. Geht heim mit dem Altenheim!«

Nachdenklich nahm Franka einen langen Schluck aus ihrer Kakaotasse. Für sie hatte Bella extra einen Schuss Haselnusssirup hinzugegeben. Ihre Schwestern kannten sie einfach zu genau. »Severin klang aber so, als hätten sie wirklich was in der Hand gegen uns«, sagte sie schließlich. »Als gäbe es irgendeinen geheimen Plan …«

»Was könnte er damit denn gemeint haben?«, fragte Babs.

»Weiß nicht«, sagte Vicky nachdenklich. »Gibt es vielleicht irgendwas, was nicht läuft gerade? Ist irgendwas kaputtgegangen am Haus? Fensterscheiben? Rollläden? Lichter? …« Vicky hätte mit ihrer blühenden Nerd-Fantasie noch tausenderlei Ideen gehabt, wie man den Trabbels üble Streiche spielen konnte.

Babs unterbrach sie: »Nein, bis jetzt ist mir nichts Außergewöhnliches aufgefallen. Kann ja auch kaum was kaputt gehen, die Möbel sind ja noch nicht da.«

»Aber irgendetwas führen die im Schilde«, murmelte Bella.

»Ich werde Severin und Mattis besser mal im Auge behalten«, versprach Vicky.

Franka nahm noch einen versonnenen Schluck von dem Kakao. Ihr lag noch etwas auf der Seele. Der hilflose Teil von ihr, der immer noch schmerzhaft in ihr pochte, meldete sich laut vernehmbar zu Wort: »Aber selbst wenn wir herausfinden, was genau die vorhaben – wie können wir es verhindern? Sie wollen uns stoppen. Sie wollen, dass wir das Hotel nicht eröffnen. Sie wollen uns dahin zurückschicken, wo wir hergekommen sind. Alle sind gegen uns. Ganz Deininghofen!« Ihre Stimme kiekste verzweifelt.

Frankas Hilflosigkeit steckte Bella an, die schwer ihre Tasse sinken ließ. Vicky seufzte. Babs blieb starr. Nur Eleonore ließ sich von Trübsinn nicht überwältigen. Sie doch nicht!

Die Trabbel-Oma schlug mit der flachen Hand so fest auf den Küchentisch, dass die Tassen einen Hüpfer machten. »Ach was. Das ist nicht das erste Mal, dass Deininghofen einem von Trablinburg Ärger macht. Aber es wäre das erste Mal, dass sich die von Trablinburgs unterkriegen lassen!« Sie stand auf zu ihrer vollen Größe von einem Meter sechzig. »Solange *ich* hier was zu melden habe, geben *wir* nicht auf! Jawoll!«

Babs musste unwillkürlich lächeln. »Jawoll, Eleonore!«, sagte sie, schlug ebenfalls mit der flachen Hand auf den Tisch und blickte grimmig. Franka, Bella und Vicky verständigten sich mit einem schnellen Drillingsblick. Gemeinsam sprangen die Drillinge auf. Endlich, endlich, endlich schienen sie wieder einig: »Jawoll!«

»Das nenne ich den echten Geist der von Trablinburgs«, freute sich Eleonore und blickte stolz in die Runde. »So und wann eröffnen wir jetzt das Hotel?«

»Du meinst …?«, sagte Babs.

»Ja, meine ich. Je eher wir Nägel mit Köpfen machen, umso eher muss Deininghofen einsehen, dass wir hier hergekommen sind, um zu bleiben. Je eher wir eröffnen, umso eher werden sie sich an uns gewöhnen müssen.«

Babs schnappte sich Eleonores Klemmbrett vom Tisch und rechnete geschwind nach: »Die Böden sind verlegt, die Bäder sind so gut wie fertig, diese Woche wird zu Ende gefliest. Mitte nächster Woche habe ich alle Zimmer gestrichen. Gestern kam die Bettwäsche … Es fehlen noch Gardinen, Bilder, Deko und Kissen für die einzelnen Zimmer … Aber wenn ihr alle mitmacht … also, wenn ich es richtig rechne – in zwei bis drei Wochen.«

»Wenn wir zwei Wochen nehmen, dann hätten wir Nikolaus«, murmelte Vicky, die gleich den Kalender in ihrem Handy gecheckt hatte. »Das wäre doch ein cooles Datum. Nikolaus liegt dieses Jahr außerdem noch an einem Freitag – wir könnten also ins Wochenende reinfeiern.« Erwartungsvoll linste sie über die Ränder ihrer blauen Brille.

»Okay«, nickte Babs schließlich. »Nikolaus. Wir feiern an Nikolaus unsere große Eröffnungsparty!«

Als hätte Barbara von Trablinburg den Startschuss

aus einer Pistole gegeben, überfiel die Trabbels sofort hektische Planungseuphorie.

»Ich könnte besondere Nikolaus-Pralinen kreieren. Mit Kardamom und Piment …«, schlug Franka atemlos vor. »Das schmeckt schon ein kleines bisschen nach Weihnachten. Und ein neues Rezept für Holundertrüffel habe ich auch!«

»Und ich kümmere mich um die Deko. Möglichst viel natürliches Material. Rinde. Beeren und so. Franka? Vicky? Helft ihr mir? Auch beim Gardinen-Nähen? Und bei den Kissen? Unsere Gäste sollen es ja gemütlich haben hier«, fragte Bella ihre Schwestern.

Alle hatte der Tatendrang erfasst. Babs wollte die Presse und den Bürgermeister informieren, Vicky Plakate entwerfen. »Und Flyer werden wir brauchen, die wir in ganz Deininghofen verteilen. Damit jeder Bescheid weiß! Mit vielen Bildern, wie schön es hier ist. Vielleicht kann außerdem Flo noch ein paar Tage herkommen und helfen?«, schlug sie vor. Schon hatte sie ihr Handy gezückt, um ihrem Onkel eine Nachricht zu schicken.

»Ich habe noch eine Idee!«, platzte Franka heraus. Vicky hatte sie gerade darauf gebracht. Vielleicht war es ja so, dass die Deininghofener das Hotel nur deswegen nicht mochten, weil sie es gar nicht kannten. Weil ihnen Babs' Bio-Gedöns fremd vorkam. Und hochnäsig obendrein. Hübsche Flyer und Fotos allein würden nicht reichen, man müsste fast noch ein bisschen mehr machen. »Wenn bei der Eröffnung nicht alle Zimmer belegt sind, also, wenn wir noch was frei hätten … dann könnten doch Leute aus Deininghofen die restlichen Zimmer beziehen. Damit sie direkt erleben können, wie viel Mühe wir uns gegeben haben. Wie gut man auf Dinkelkissen schläft …«

»… und in Naturholzzimmern …«, fügte Babs hinzu.

»… und in anregender Dekoration. Ich stifte alle meine Blumenbilder!«, krähte Oma Eleonore. Sie belegte seit Jahren ausdauernd VHS-Kurse für malende Senioren. Gerade hatte sie ihre Pastell-Phase. Besser als die neongrüne Phase vor noch einem halben Jahr.

»Ja, Franka, das ist eine echt gute Marketingidee«, fand Vicky, »wenn die Ersten es hier gemütlich finden, dann spricht es sich im Dorf rum …«

Doch Babs hatte noch etwas auf dem Herzen. »Apropos Marketing. Ich hätte da noch etwas, wofür ich euren Rat brauchen könnte.« Babs legte einen Fächer mit Blättern auf den Tisch. Entwürfe für das Hotel-Logo. »Die sind von dem Grafiker aus meiner alten Agentur. Welche Farbe gefällt euch am besten?« Sie hatte ein Logo in Mintgrün, eines in Froschgrün und eines in Hellblau auf dem Tisch ausgebreitet. *Babs' allerbestes Bio-Hotel* wollte ihre Mutter ihre Villa nennen.

Vicky hatte alle Entwürfe nebeneinander auf dem Tisch verteilt. Sie betrachtete sie konzentriert, furchte die Stirn und blinzelte.

»Hmmmm«, sagte sie schließlich. »Weiß nicht. Sie sind alle so …«

»… nett«, ergänzt Franka. Der netteste der Trabbel-Drillinge wusste genau, worin das Problem mit der Nettigkeit bestand. Nett fiel nicht auf. Nett wurde immer wieder übersehen.

Was Eleonore messerscharf auf den Punkt brachte: »Verdammt! Nett ist die kleine Schwester von Scheiße! Wer braucht schon ein *nettes* Hotel? Wir müssen unverwechselbar sein! Hört ihr? Un-ver-wechsel-bar!« Sie nickte Franka aufmunternd zu. »So wie Franka. Unverwechselbar in Pink.«

Vicky schickte einen skeptischen Blick zu ihrer Oma, die sich merklich in Fahrt geredet hatte.

»Deswegen gibt's mich jetzt auch in Pink. Ich werde mir die Haare machen. In Pink. So wie Franka. Weil eben nur die Mutigen es zu etwas bringen.« Wild entschlossen schlug ihre Oma mit der flachen Hand auf den Küchentisch, dass die Tassen nur so wackelten.

»Ich auch«, kam es da von Bella. Sie stand auf, schmiss sich mit Karacho auf Frankas Schoß und legte sich Frankas Zopf über die eigene Schulter: »Ich mach das auch. Wollte immer schon mal eine neue Haarfarbe haben. Einfach nur blond ist langweilig und …«

»… viel zu nett«, sagte Babs. »Ich bin dabei! Du auch, Vicky? Nett ist langweilig. Pink ist in. Unser Erkennungszeichen wird pink! Auch auf dem Papier. Ich werde unser Logo *pink* gestalten lassen!«

Hatte Vicky zu diesem Zeitpunkt noch letzte Zweifel, so warf sie diese nun endgültig über Bord. Auch sie setzte sich auf Frankas Schoß, die unter der plötzlichen Last ordentlich schwitzte. »Okay. Pink. Meinetwegen.«

»Dann sehen wir endlich wieder aus wie richtige Drillinge! Die Trabbel-Drillinge!«, jubelte Bella.

STRESS HOCH DREI

Die fünf Pink-Köpfe waren in kürzester Zeit Dorfgespräch. Doch Babs und Eleonore – und die vor allem – trugen ihre neue Haarpracht mit dem arroganten Stolz von Königinnen. Sollte auch nur irgendjemand hinter ihrem Rücken lästern, so prallten abfällige Bemerkungen an Omas dicker Haarspray-Tolle einfach ab.

Die Drillinge hatten es ungleich schwerer als ihre Mutter und Großmutter. In der Schule nutzten Mattis und Severin jede Gelegenheit für einen Kommentar in Pink. Doch Vicky wusste zu parieren. »Besser Pink als Pickel!«, sagte sie und deutete auf Severins Gesicht.

Mattis' Rache war ebenso im Sande verlaufen. Er hatte beim Schulbus im ersten Fenster ein Bild von einer pinkfarbenen Perücke aufgehängt. Darunter prangte: »Wir müssen leider draußen bleiben!« Dumm nur, dass Bella ihn an den Busfahrer verpfiff, der dieses Mal ohne Mattis fuhr. Er musste leider draußen bleiben.

Das alles kümmerte die Drillinge trotzdem nur wenig, denn sie waren ganz und gar vom Eröffnungsfieber ergriffen.

Zwei Wochen noch! Und es war noch so elend viel zu tun. Vicky, Bella und Franka fanden in diesen Tagen kaum Zeit, ihre Hausaufgaben zu machen.

Bella hatte ihre Schwestern zum Gardinennähen angeheuert. Und damit Franka es dieses Mal nicht vermasselte, ließ sie ihre Schwester erst Dutzende von karierten Servietten gerade säumen. Viel lieber hätte Franka in ihrer Küche gestanden und neue Pralinenrezepte ausprobiert. Aber sie musste sowieso warten, bis Onkel Flo kam, der ihr aus der Stadt eine große Kiste Schokolade, Splitter, Streusel, Nuss-Krokant, Vanille und andere Gewürze mitbringen sollte. Für den Sonntag vor der Eröffnungswoche würde er erwartet.

Die Servietten sahen immer noch ziemlich nach selbstgemacht aus, nachdem Franka sie fertig genäht hatte, aber Bella beruhigte sie: »Das ist eben der Charme unseres Hotels – alles von Hand und selbst gemacht. Für uns mussten keine Kinder in Indien schuften.« Frank säumte stumm weiter. Sie war einfach nur froh, dass sie, Bella und Vicky sich wieder einig waren.

Bei den Renovierungsarbeiten im Hotel hatte Oma Eleonore die Daumenschrauben angezogen. Mit dem Klemmbrett bewaffnet kontrollierte sie streng, dass kein Handwerker länger Pause machte als eine Butterbrotlänge. Babs telefonierte mehrfach täglich mit ihren Lieferanten, wo ihre Möbel blieben.

»Verstehen Sie denn nicht?«, hörte Franka ihre Mutter am Hörer verzweifeln, »wir feiern in gut einer Woche Eröffnung. Ich habe keine Betten, keine Tische, keine Matratzen. Wie soll das gehen?«

Doch die Antwort des Naturmöbelgeschäfts blieb immer dieselbe: Die Lieferung sei längst auf den Weg geschickt worden, sie hätte schon seit mehreren Tagen da sein müssen. Nach jedem Telefonat war Babs noch aufgelöster und raufte sich die pinkfarbenen Haare. Franka war schon dazu übergegangen, ihr ungefragt eine Tasse heiße Schokolade hinzustellen. Wenn es ganz schlimm wurde, dann mit einem Schuss Karamellsirup.

Auch Oma Eleonore hatte sich mittlerweile an die trostspendenden Drinks aus Frankas Versuchsküche gewöhnt. Jeden Abend nahm sie nach getaner Arbeit mindestens ein bis zwei davon. Gern auch mit einem

Schlückchen Amaretto, den sie in einem ihrer drei Kosmetikkoffer in der Dachkammer bunkerte.

Vicky entwarf nicht nur Flyer und bemalte Blumenkästen mit Ökofarbe, sie hatte noch ein besonderes Ziel im Auge: Sie wollte Mattis, Severin und Rudi das Handwerk legen. Es musste doch, verdammt noch eins, herauszufinden sein, was die Dorfhalunken auskochten.

Mastermind Vicky hatte einen ausgeklügelten Masterplan, um die Jungs zu überführen. Sie schlich ihnen unauffällig hinterher, wenn sie den Schulbus verließen, strich um die Schreinerei von Severins Vater herum, kaufte zweimal täglich bei der Bäckerei Ruf ein Brötchen (jedes Mal ein anderes, weil sie vorgab diese zu testen). Sogar moderne Abhörtechnik kam zum Einsatz: Agent Vicky schmuggelte regelmäßig ihr Handy unter die Sitzbank von Mattis und Severin und nahm mit eingeschalteter Sprachnachricht auf, was die tuschelten. Außer ein paar Lästereien war aber leider nichts Verwertbares dabei.

Zweimal war sie den Deininghofenern sogar bis knapp vor das Hotel gefolgt. Beim letzten Mal hatte Vicky gedacht, dass sie wirklich eine gute Chance hatte, endlich hinter ihr Geheimnis zu kommen. »Ich war sooo nah dran«, erzählte sie ihren Schwestern bei einem schnellen Abendessen mit Vollkorn-Bio-Tortellini.

»Ich habe Mattis, Severin und Rudi in der hintersten Ecke unserer Terrasse entdeckt. Irgendwas hatten die hinter ihrem Rücken, konnte ich sehen. Einen Plan, ein Buch, irgendwas. Plötzlich hat sich Rudi umgedreht. Ich wollte mich hinter dem Müllhäuschen verstecken. Aber der hat nur gerufen: ›Erwischt‹. Fürs Beschatten sind diese pinken Haare einfach nicht das Richtige«, seufzte die Detektiv-Schwester.

»Und dann?«, fragte Franka.

»Er hat gemeint, dass ich ihm genauso gut auch helfen könnte, wenn ich ihnen schon nachlaufe. Hat mich mit Franka angeredet.«

Bella fluchte leise: »Mist.«

»Der wollte nur unser neues WLAN-Passwort. Hab ihm aber nur unseren Flyer mit der Eröffnung gegeben.«

»Immerhin, deine Idee war richtig, dass wir viele Gäste anlocken, wenn wir ein gutes Netz haben«, tröstete sie Franka. Auch sie hatte Rudi schon mehrmals auf ihrer Terrasse stehen sehen. Das mit dem WLAN musste sich rumgesprochen haben.

Doch sie musste sich damit auch nicht länger befassen, denn Oma Eleonore kündigte sich an. Wie immer roch man zuerst ihr Parfüm, lange bevor sie auftauchte.

Sogar für ihre Verhältnisse hatte sie sich noch einmal richtig aufgedonnert. Die pinkfarbenen Haare lagen in wohl geföhnten Locken um ihr Gesicht. Sie hatte ein schickes flamingofarbenes Kostüm an und so hohe Schuhe, dass sie kaum darin zu laufen vermochte. Babs lugte hinter ihr in die Küche: »Ist das nicht ein bisschen kalt, wenn du rausgehst?«

Eleonore zog ihre Stola mit den vielen bunten Troddeln enger um ihre Schultern. »Ich hab's ja nicht weit. Nur zum Dorfwirt.«

»Ah ja?«

»Ich treffe meinen alten Freund, den Bürgermeister. Mal sehen, ob ich ihn zu unserer Einweihung einladen kann…« Und schon war sie aus der Küche gerauscht, nur ihre Parfümwolke blieb noch stehen.

»Na, dann machen wir eben allein Nachtschicht und du die Öffentlichkeitsarbeit«, seufzte Babs und zog mit ihren Farbeimern ab in den zweiten Stock, wo sie die mittlerweile gefliesten Badezimmer streichen wollte. Und die Drillinge gingen wieder zurück an die Gardinen, Kissen und Servietten, die scheinbar niemals fertig werden wollten.

Beinahe drei Stunden später – die Trabbels hatten gerade beschlossen, endlich Feierabend zu machen – klingelte das Telefon. Bella ging ran.

»Was ist los?«, rief Babs durchs Treppenhaus nach unten. »Ist was passiert?«

»Nicht direkt!«, rief Bella zu ihr hoch. »Nur Eleonore …«

»Was ist …« Aufgeschreckt kam Babs die Treppe runtergerannt und ließ sich noch auf halber Strecke von Bella aufklären: »Ihr geht's gut. Keine Sorge. Na ja, vielleicht doch nicht ganz so gut … also …« Babs sah sie durchdringend an.

»Sie hat wohl ein bisschen zu viel genippt beim Dorfwirt. Jetzt schläft sie auf dem Tresen …«

Babs verdrehte die Augen: »Müssen wir sie abholen?«

Bella nickte, verständigte sich mit ihren Schwestern aber sofort per Blickkontakt, dass sie Babs unmöglich so zum Dorfwirt schicken konnten. Ihre Mutter war über und über mit Farbe besprenkelt. Ihr Haar sah aus wie ein pinkfarbener Fliegenpilz.

»Na gut«, sagte Vicky schließlich, »wir gehen zu dritt und holen sie. Eine Trabbel für alle. Alle für eine.«

Beim Dorfwirt hatten sich um halb elf Uhr abends die Reihen schon alle gelichtet. Bis auf zwei Hartgesottene am Stammtisch war Oma Eleonore der letzte Gast. Als die Mädchen eintrafen, kam ihnen in der Tür ein sichtlich angeschickerter Bürgermeister entgegen.

»Eure Oma …«, nuschelte er, bevor ihn ein Schluckauf beutelte, »ganz das alte, freche Mädchen. Wie früher. Nur … nur … die Haare – uiuiuiui …« Mehr sagte er nicht, sondern verließ unter weiteren Hicksern schleunigst das Lokal. Anton, der Dorfwirt, nickte nur zu einem Tisch, auf dem ein zusammengesunkener Trabbel mit einem auffälligen, verstrubbelten Haarschopf lehnte. Eleonore von Trablinburg schnarchte sogar leicht. Unter normalen Umständen wäre sie entsetzt gewesen, welch unfeines Bild sie gerade abgab.

So aber taten sich die Drillinge schwer, sie überhaupt zu wecken, damit Franka und Vicky sie unterhaken konnten. Doch kaum waren sie fünf Meter gegangen, schienen Eleonores Knie nachzugeben. Die Oma schwankte gefährlich und knickte zu einer Seite weg.

»Oh, upsi«, sagte sie verwaschen, »die Schuhe sind wohl doch ein bisschen hoch …« Vergebens versuchte sie, ihr Kreuz durchzudrücken und aufrecht stehen zu bleiben. Nach zwei Metern war der andere Fuß weggeknickt. Vicky und Franka wuchteten sie flugs auf den nächsten freien Stuhl am Stammtisch. Die beiden Restgäste rückten überrascht ab.

»Wir gehen ja gleich«, beschwichtigte Vicky die Herren. »Mädels, eine von euch muss mit Eleonore die Schuhe tauschen. Wir können sie ja kaum bei Frost barfuß laufen lassen.« Schließlich war Bella bereit, ihre Uggs gegen Omas High Heels zu tauschen. Erstaunlich, wie sicher der Trabbel-Drilling auf den elendig hohen und spitzen Absätzen stehen und gehen konnte. Bella musste heimlich irgendwo geübt haben, beschlich Franka der Verdacht.

Mit Vicky und Franka rechts und links postiert und Bella, die hinter ihr die Stellung hielt, geleiteten die Drillinge Oma Eleonore erst raus aus der Gastwirtschaft und dann nach Hause. Obwohl es nur eine Strecke von vier Querstraßen war, zog sich der Transport hin. Eleonore verhedderte sich immer wieder in ihrer Stola. Noch dazu hatte der eiskalte November den Niesel schon zu ersten kleinen Grieselflocken gefroren.

Dazwischen plapperte die alte Dame munter drauflos: »Ach, der Franz, mein lieber Franz, ist schon ein Netter … Wenn Babs nur wollte … dann könnte er ihr schon helfen … mein Bürgermeister …« Franka war viel zu sehr damit beschäftigt, ihre Großmutter aufrecht zu halten, als dass sie zuhören konnte. »Aber wer weiß … vielleicht … wenn ich es recht bedenke … hat er uns schon geholfen … ich … Möbel … weiß, wo die Möbel …also … wo sie geblieben …«

Keine der Drillinge schenkte ihrer dauerquasselnden Oma Beachtung, denn sie hatten endlich ihr Zuhause erreicht und der Weg zur Dachkammer hinauf war schmal und steil.

Irgendwann hatten sie die Oma glücklich auf ihr Bett bugsiert, ihr Bellas Schuhe ausgezogen, die Stola entwunden, das Kostüm aufgeknöpft und sie notdürftig mit ein paar Decken zugedeckt.

Danach sanken die Drillinge selbst erschöpft ins Bett. Franka wehrte sich nicht einmal mehr dagegen, in der Besucherritze schlafen zu müssen. Dazu war sie einfach zu müde, viel zu müde.

Jetzt, da sie wusste, dass sie nur noch ein wenig warten musste, bis Babs' Lieferung mit den Möbeln ankam und sie endlich ihr eigenes Zimmer beziehen konnte, jetzt hatte sie fast schon so etwas wie Trennungsschmerz wegen ihres Doppelbetts. Moment mal – Möbel?

Erst am nächsten Morgen erinnerte sich Franka richtig an Omas nächtliches Geplapper. Hatte Eleonore nicht was gesagt zu den Möbeln? Dass der Bürgermeister ihnen womöglich weiterhelfen könne? Was hatte sie damit gemeint?

Franka beschloss, Eleonore sobald wie möglich das Geheimnis zu entlocken. Es war Sonntagmorgen, sieben Uhr dreißig. Um acht Uhr würde der Pfarrer sowieso unermüdlich mit wilder Kirchenglocke zum Gottesdienst läuten. Spätestens dann würden alle aufwachen. Ein ausgiebiges Sonntagsfrühstück würde die Lebensgeister und den Kampfgeist wecken.

Eleonore erschien äußerst verknittert zum Frühstück, mit tiefen Augenringen, platt gelegenen Locken, einsilbig und verschlossen. Franka schob ihr den doppelten Milchkaffee unter die Nase, auf den sie ein paar Splitter Dunkelschokolade gehobelt hatte. Die Oma hob nur müde ein Auge.

Doch nach fünf Minuten hielt Franka es einfach nicht länger aus: »Sag mal, du hast gestern Abend was gesagt davon, dass der Bürgermeister dir etwas über unsere Möbel erzählt hat …?«

Babs spotzte vor Überraschung in ihre Tasse. »Was?«

Eleonore sah gequält auf: »Wir hatten einen netten Plausch, der Franz und ich, wenn du das meinst …«

»Aber du hast was von Möbeln gesagt.«

»Ach ja, die Möbel!« Die Oma nahm noch einen tiefen Schluck Kaffee. »Die lagern wahrscheinlich bei der Schreinerei Mack.«

»Und das erwähnst du erst jetzt?« Babs sprang auf. »Hat jemand die Nummer von den Macks?«

»Nur die von Severin Mack, der steht auf unserer

Klassenliste«, sagte Bella und deutete auf die Liste, die mit Magnet an der Kühlschranktür hing.

»Nee, wir rufen nicht an«, protestierte Vicky. »Am Telefon geben die doch nie zu, dass sie was gedreht haben. Doch nicht Severin, der ist viel zu schlau dafür!«

»An der Haustür aber auch nicht. Wir können ja schlecht ihr Haus durchsuchen. Wir sind schließlich nicht die Polizei?!«, bremste auch Franka.

»Aber – meine Möbel! Die Eröffnung! Das geht so nicht!« Babs lief unruhig durch die Küche.

»Immerhin ist Vinzent Mack Gemeinderat …«, warf Eleonore ein. »So ein Betrug ist mit einem so wichtigen Amt nicht vereinbar. Das ist doch Diebstahl …«

»Du kennst Severin nicht«, entgegnete Vicky. »Wenn sein Vater auch nur halb so gerissen ist, dann hat er sich schon eine hieb- und stichfeste Ausrede zurechtgelegt. Falls er auffliegt.«

»Gut«, sagte Babs, band sich ihren Pink-Schopf zu einem entschlossenen Knoten und klatschte in die Hände. »Dann will ich sehen, was das für ein Plan ist. Ich gehe jetzt zu Vinzent Mack.«

»Wir gehen alle!«, bestimmte Bella. »Das ist immerhin unser Hotel!«

Franka musste in sich hineingrinsen. Noch vor

einer Woche hatte Bella dieses Hotel bis aufs Messer bekämpft und wollte am liebsten sofort in die Stadt zurück. Und jetzt? Jetzt hatte sie wie alle Trabbels einen allseits leuchtenden Haarschopf und kämpfte wie eine Löwin für Babs' Idee. Franka konnte nicht anders – sie war mächtig stolz auf ihre Schwester. Vielleicht, dachte sie kurz, konnte es doch wieder werden wie früher. Die Trabbels, die wie Pech und Schwefel zusammenhielten. Sie, Bella. Vicky, Babs, Elenore und… Flo!

Denn der letzte Trabbel kündigte sich gerade mit lautem Hupen vor dem Hotel an. Vicky sprang auf: »Onkel Flo! Endlich!« Sie stürmte voran die Auffahrt entlang, dem Cabrio entgegen. Noch bevor Franka überhaupt die Haustür erreichte, hatte sich Vicky Flo schon an den Hals geschmissen.

Flo hatte mit keiner der Trabbel-Damen eine auffällige Ähnlichkeit. Er kam nach seinem Vater, war hochgeschossen und trug die dunklen langen Haare in einem sorgfältigen kleinen Dutt. Sein Bart war längst kein Dreitagebart mehr, eher ein beeindruckendes 100-Tage-Gewächs. Er trug – obwohl die Sonne seit vier Tagen nicht zu sehen war – eine verspiegelte Sonnenbrille. Man sah auf den ersten Blick: Flo war die coolste Socke unter allen Trabbels, ach was, unter dem ganzen Himmel!

Und ihm gebührte erst einmal ein ordentlicher Empfang, ein ausführlicher Rundgang, zwei Kaffees und ein Franka-Spezial-Kakao mit Tonkabohnen-Aroma. Bis sich die Trabbels endlich wieder ihren drängendsten Aufgaben widmen konnten.

»Onkel Flo?«, fragte Vicky verschmitzt. »Willst du eigentlich in einem Bett schlafen?«

»Ja, irgendwie doch ...«, meinte dieser. »Ist das eine Fangfrage? Muss ich mir das irgendwie verdienen?«

Vicky nickte und Babs klärte ihren Bruder auf, warum es in ihrem neuen Hotel immer noch keine Betten gab und warum es so schwer war, den Macks nachzuweisen, dass sie die Möbel hatten.

»Uff«, stöhnte Flo. »Ich hatte gedacht, ich mache ein bisschen entspannte Ferien hier. Habe gestern die Nacht durchgefeiert und bin dann gleich zu euch gefahren. Wollte mich erst mal eine Runde hinlegen. Und nun kommt ihr mit so was?«

»Ich habe eine Idee«, sagte Vicky und blickte verschwörerisch in die Runde. »Du kennst die Macks noch nicht, oder?«

»Die waren noch nicht hier, als wir Deininghofen verlassen haben«, erklärte Eleonore.

»Na, dann ist doch alles geritzt. Onkel Flo ist nicht Onkel Flo«, meinte Vicky geheimnisvoll. Sie wartete kurz ab, um dann zu sagen: »Sondern unser Anwalt.«

Fünf Trabbels starrten Vicky verständnislos an. »Hä?«, fragte Franka.

»Ja, unser Anwalt wird Vinzent Mack einfach mal erklären, dass er sofort die Möbel rausrücken muss. Aber ratzfatz. Ohne Widerstand. Sonst klagen wir. Und kommen mit einem Durchsuchungsbescheid und der Polizei. Und mit allem anderen, was nötig sein wird!«

Flo blickte an sich hinab. Franka war der Grund für seine Skepsis sofort klar: Wie ein seriöser Anwalt sah er mit seinem Outfit aus orangefarbenem Hemd, Riesenkaro-Sakko und schwarzer Lederhose nicht gerade aus. »Wenn Ihr meint …?«

Aber Zweifel waren in dieser Notsituation nicht angebracht. Und so geschah es, dass der Tross der Trabbels ein paar Minuten später vollzählig bei den Macks auf der Matte stand.

Onkel Flo hatte sich die Haare streng nach hinten gegelt, die Lederhose durch eine unauffälligere schwarze Jeans getauscht und trug Oma Eleonores Klemmbrett wie eine Waffe vor sich.

Vinzent Mack wich, kaum dass er die Tür geöffnet hatte, zurück. Ihn traf der geballte grimmige, zu allem entschlossene Blick der Trabbels.

»Was …?«

»Wir haben Hinweise, dass sich unter Ihrem Dach und auf Ihrem Grund und Boden Eigentum der Familie von Trablinburg befindet. Ist das korrekt?«

Wow, dachte Franka, Onkel Flo konnte wirklich beeindruckend sein, wenn er wollte.

»Davon ist mir nichts bekannt.« Vinzent Mack hatte sich schnell wieder gefangen. Ein Blitzmerker, wie sein Sohn Severin, der ebenfalls an der Tür aufgetaucht war. Vicky hatte recht gehabt: Der war so gewieft, dass er bestimmt nichts zugeben würde, was man ihm nicht nachweisen konnte.

»Laut unseren Unterlagen hat am vergangenen Montag die Spedition Seemüller 57 Pakete nach Deininghofen gebracht. An der Lieferadresse, Alleestraße 12, dem Wohnsitz der Familie von Trablinburg, kam keine Ladung an. Wir haben stattdessen Zeugen, dass die Pakete hierhin geliefert wurden. Soll ich Ihnen vielleicht zur Nachhilfe die Paragrafen für Diebstahl vorlesen?«

Die Augen von Vinzent Mack verengten sich zu schmalen Schlitzen. »Wer sind Ihre Zeugen? Und wer zum Teufel sind eigentlich Sie? Die durchgeknallten Pink Panther hier, die kenne ich, aber Sie …?«

»Florian Heinrich«, antwortete Onkel Flo. Den Nachnamen ließ er einfach weg, seine beiden Vornamen mussten reichen. »Ich berate die Familie von Trablinburg in Rechtsfragen.« Auch geschickt, fand Franka, so ganz gelogen war das nicht.

»Ihre Zeugen sind wer …?« Vinzent Mack blieb hart.

»Herr Mack, wollen Sie wirklich, dass wir Sie, ein bis dahin unbescholtener Gemeinderat, einem Zeugen gegenüberstellen? Der dann wiederum Zeuge Ihrer Peinlichkeit wird, wenn Sie Ihre Untat zugeben müssen? Was meinen Sie, wie schnell das in Deininghofen die Runde macht? Wollen Sie wirklich Ihren Ruf riskieren? Oder wollen Sie nicht doch lieber dem Wort dieser Damen hier vertrauen?«

Flo klang ungemein überzeugend. An der Stelle von Vinzent Mack hätte Franka spätestens jetzt aufgegeben. Aber Severin zog seinen Vater zur Seite und flüsterte ihm etwas ins Ohr.

»Nun, wir warten …«, drängte Eleonore. Und Babs wippte ungeduldig mit dem Fuß.

»Also, wenn Sie keinen Zeugen …«, fing Vinzent Mack schon wieder an. Aber da unterbrach ihn Vicky. Sie wandte sich direkt an Severin: »Wenn du wirklich so schlau wärst, wie du immer tust, dann wüsstest du genau, dass ihr keine Chance habt. Wir können zur Polizei gehen und einen Durchsuchungsbefehl beantragen zum Beispiel.«

Severin stand der Spott ins Gesicht geschrieben: »Bis Freitag? Wohl kaum. Das sollte euer Anwaltfuzzi schließlich auch wissen …«

»Der weiß aber auch, dass wir die Presse geladen haben zu unserer Eröffnung am Freitag«, konterte Vicky. Der Spott hob ihre Nasenspitze noch ein bisschen höher als die von Severin. »Ein Politikskandal in Deininghofen? Das wird ein gefundenes Fressen. Und wir bekommen fette Schlagzeilen. Das wollt ihr doch ganz sicher auch nicht, stimmt's?«

Eins. Zwei. Drei. Franka zählte drei Sekunden. Und dann waren die Macks endgültig eingeknickt.

»Das muss ein Missverständnis sein«, redete sich Severins Vater heraus. »Die Schreinerei hat ebenfalls die Adresse Alleestraße. Der Fahrer von der Spedition muss da was verwechselt haben.«

»Aha. Und warum haben Sie uns dann nicht sofort angerufen?«, fragte Babs, ihre Arme feindselig vor der Brust verschränkt.

»Wie gesagt, wir sind eine Schreinerei. Wir bekommen täglich viele Pakete geliefert. Ich habe diese Woche eine große Lieferung für das Altersheim in Appelstedt erwartet. Deswegen war ich nicht überrascht … Und weil ich mit einem anderen Auftrag so viel zu tun hatte, habe ich die Pakete auch noch gar nicht überprüft …«

»Pff«, raunte Vicky ihren beiden Schwestern zu, »das Märchen kann er wem auch immer erzählen, aber nicht uns.«

Sie sollte recht behalten, denn als sie die angrenzende Werkstatt in der großen Scheune betraten, sah es ganz und gar nicht danach aus, als hätte Vinzent Mack die Pakete nicht geprüft und nicht geöffnet. Im Gegenteil: Der Inhalt der 57 Pakete war komplett ausgepackt und lag in allen Einzelteilen gestapelt in einer Ecke.

Es war ihre Lieferung! Ganz eindeutig. Franka erkannte das Kopfende des Bettes, das sie sich für ihr Zimmer ausgesucht hatte.

»Und wie sollen wir das jetzt zu uns rüberbringen?«, stöhnte Babs. Sie hatte kein Car-Sharing-Auto mehr. Alle ihre Wege machten die Trabbels mit dem Rad oder Bus. Nun fluchte sie darüber. Denn Flos Cabrio bot maximal Platz für ein bis zwei Schrankseiten.

Außerdem war Babs strikt gegen alles, was ihre CO^{2}-Bilanz vermieste. Auch jetzt ließ sie sich auf keine Diskussion ein und Flo durfte die Möbel nicht hin- und herfahren. Stattdessen mussten alle Trabbels mit Bollerwagen und Sackkarren die Einzelteile ins Hotel schaffen. Das Triumphgefühl der Trabbels, Vinzent und Severin Mack besiegt zu haben, hielt deswegen nur kurz an.

Es sollte nahezu den ganzen Sonntag dauern, bis jedes einzelne Teil auf Planen im Frühstücksraum des Hotels gestapelt war. Schließlich hatten die Macks ganze Arbeit geleistet und sogar die Schraubensäckchen alle aufgemacht und den Inhalt gut vermischt.

Misstrauisch ließ Vinzent Mack jeden Schritt, den die Trabbels in seiner Werkstatt machten, von seinem Sohn Severin überwachen.

»Hey, du Stubenhocker«, hatte Vicky ihn bei der dritten Fuhre angeraunzt. »Willst du dich nicht wenigstens nützlich machen?« Aber Severin dachte nicht dran, auch nur einen kleinen Finger zu rühren. Stattdessen stellte er Vicky, die mit fünf Regalbrettern gerade an ihm vorbeiturnte, ein Bein. Vicky schlug hin und Severin beugte sich zu ihr runter. Seinen Mund umspielte ein fieses Grinsen.

»Vorsicht, Trabbel«, zischte er der auf dem Boden liegenden Vicky zu, »wir können euch in Deininghofen immer noch gehörig im Weg stehen. Wenn du verstehst, was ich meine.«

Panik hoch drei

Von nun an war noch mehr Tempo angesagt. Mit Riesenschritten steuerten sie auf die Eröffnung zu. Hatten die Trabbels schon vorher das Gefühl gehabt, sie arbeiteten am Anschlag, gingen sie in den letzten Tagen vor der Eröffnung noch weit darüber hinaus.

Eleonore und Bella kümmerten sich Tag und Nacht im Alleingang um Deko- und Näharbeiten. Während Babs die letzten Arbeiten im Haus beaufsichtigte und ausbesserte, wo es nötig war, sortierten Vicky, Flo und Franka unablässig Stuhl- und Tischbeine, Schrauben und Dübel. Sie versuchten jedes Stück, bei dem sie alles nach Anleitung zusammen hatten, sofort und gleich aufzubauen.

Dabei zeigte sich, dass Flo zwar ein überzeugender Schauspieler war, megacool und ein Technik-Genie. Aber ein begabter Möbelschrauber war er nicht. Jedes Teil, das er anfasste, musste noch einmal auseinandergenommen werden, weil er entweder links und rechts oder A mit B verwechselt hatte, oder schlicht die falschen Schrauben verwendete. Franka erwies sich von ihrem Handwerker-Trio noch als am praktischsten veranlagt. Vielleicht, dachte sie für sich, hatte sie einfach so viel Erfahrung mit komplizierten Rezepten gesammelt, dass schwierige Anleitungen ihren Schrecken verloren hatten.

Daneben mussten die Drillinge auch weiterhin zur Schule, denn Babs hatte sie für diese Woche nicht blaumachen lassen. Vicky sagte, das käme ihr gerade recht. Nur so könne sie Severin nach seiner unverhohlenen Drohung weiter im Auge behalten. Immer noch jeden Tag – bei der Hin- und bei der Rückfahrt – deponierte Agentin Viktoria von Trablinburg ihr Handy unter dem Sitz von Severin Mattis. Die beiden saßen immer auf den besten Plätzen – ganz hinten. Und während Vicky immer als Erste einstieg und das Handy mit eingeschalteter Sprachaufnahme dort versteckte, mussten Franka und Bella die Sicht und die Schlange aufhalten.

»Mann, Franka, beweg dich mal«, maulte Rudi irgendwann Bella an, die sich im Mittelgang mit übergroßem Schwung die Jacke auszog. Was Franka gleich wieder mit einem puterroten Kopf büßen musste. Rudi nannte jede Trabbel Franka.

Auf der Rückfahrt am Mittwoch hatten die Spionage-Aufnahmen von Agentin Vicky endlich Erfolg.

»Das mit den Mäusen wird schwierig.« Die Stimme, die Vicky mit der Sprach-App aufgenommen hatte, gehörte eindeutig Mattis. Erst Rascheln, dann: »…einfach keine Mäuse. Alle Fallen leer.«

»Dann müssen wir eben was anderes nehmen«, hörte man Severin sagen. »Kakerlaken vielleicht…«

»Und wo hernehmen? Ich hatte übrigens noch eine Idee…«, sagte Mattis. Der Rest ging in einem schabenden Geräusch unter – vielleicht schob da einer seine Schultasche über den Boden.

»Hey, Rudi«, war Severin nach dem langen Unterbrecher wieder zu vernehmen, »kannst du uns für Freitag ein paar Kakerlaken besorgen?«

»Nein.« Das war eindeutig die tiefe, ruhige Stimme von Rudi. »Ich habe es euch schon mal gesagt und sage es gerne noch mal: Ich. Mache. Da. Nicht. Mit. Das sind immerhin unsere Nachbarn. *Ich* bin raus aus der Nummer.«

»Aber die machen sich hier einfach breit und glauben, ihnen gehört die Welt. Denen muss man doch mal zeigen, wo der Hammer hängt«, versuchte Mattis ihn doch noch zu überzeugen.

»Ah ja, das muss man also«, sagte Rudi. Man hörte

deutlich Spott raus: »Mit Kakerlaken und Mäusen? Mit Frühstück versalzen? Mit Stromausfällen? Mit …?« Wieder ein Rascheln, das die Aufnahme überlagerte. Rudi war fast laut geworden.

»Psst, sonst kriegen die Pink Panther noch was mit«, warnte ihn Severin scharf.

»Trotzdem. Ohne mich. Ich kann mich nicht erinnern, dass die Deininghofener jemals so scheißgemein zu euch waren, als ihr hierherkamt. Mein Vater meint, sie verdienen eine Chance. Und das meinen Johanna und ich übrigens auch.«

»Weicheier«, stieß Mattis aus.

»Dann sind wir eben Weicheier. Immer noch besser als Harteier ohne Gewissen.« Jetzt hatte sich offenbar auch Johanna in die Unterhaltung eingemischt …

Mehr hatte die Sprachaufnahme nicht hergegeben, aber jetzt wussten Vicky und ihre Schwestern, denen sie das vorgespielt hatte, genug. Die Jungs wollten die Eröffnungsfeier sabotieren, das Essen verderben, Mäuse und Kakerlaken aussetzen und wer weiß was noch anstellen.

»Ihr müsst ihnen verbieten, dass sie das Hotel betreten!«, forderte Vicky von ihrer Mutter, die gerade auf der Leiter stand und Fenster putzte, während Oma Eleonore mit einem Riesenwedel den Renovierungsstaub aus den Ecken puschelte.

Babs dreht sich zu ihren Töchtern um. »Tut mir leid, aber das kann ich nicht machen. Was soll ich denen denn erzählen? Und außerdem haben die Familie Ruf und die Familie Mack je ein Doppelzimmer reserviert für die Eröffnungsnacht.«

»Es war halt eine Schnapsidee, die Leute aus dem Ort gleichzeitig mit den Reportern und den Hotelkritikern einzuladen. Blöde Gratisnacht«, schimpfte Vicky.

»Lass Franka in Ruhe!«, verteidigte Bella ihre Schwester, »die Idee ist eigentlich gut. Da waren wir uns alle einig. Wir können doch nichts dafür, wenn andere die Gratisnacht ausnutzen wollen, um Krawall zu machen. Um uns zu sabotieren.«

»Wer übernachtet denn sonst noch?«, fragte Franka, um alle schnell von dem Thema abzulenken.

Babs stieg die Leiter ein paar Stufen hinunter, um sich ein Trockentuch zu greifen. »Nur der Bürgermeister. Dann kommt noch jemand vom Lokalanzeiger, eine Reporterin aus Appelstedt, jemand von einem Reisemagazin und zwei Hotelkritiker. Nachdem Flo auch ein Zimmer hat, kann man sagen: Wir sind fast ausgebucht…« Babs grinste schief. Man konnte regelrecht sehen, dass sie der viele hohe Besuch nervös machte, um den sie sich kümmern musste.

Vicky blickte auf ihre Sneakers. Doch nur kurz, dann hob sie den Blick und sah ihre Mutter unverwandt an. »Okay. Dann lass Severin und Mattis unsere Sorge sein. Wir kümmern uns um die. Du kümmerst dich um die Presse und Hotelkritiker.«

»Und ich«, flötete Oma Eleonore, nahm ihren Staubwedel und tanzte kokett einmal um ihn herum wie eine pinke Version von Mary Poppins. »Ich kümmere mich um den Bürgermeister und die restlichen Würdenträger aus Deininghofen.«

Einen Erwachsenen aber holte sich Vicky trotzdem als Verbündeten: ihren Onkel Flo. Der nämlich musste sich per Kurier allerlei technischen Schnickschnack kommen lassen: Mikrofone, Kameras und Bluetooth-Krempel, mit dem man kabellos irgendwas abhören und übertragen konnte. So viel hatte Franka verstanden. Denn Vicky hatte beschlossen, die Küche und den Frühstücksraum mit einer Kamera zu verwanzen und vielleicht sogar Mikrofone auf den Zimmern von Mattis und Severin zu installieren.

»Dann können wir abhören, was sie vorhaben. Falls ihre Eltern in das Zimmer einziehen, dann mache ich das Mikro aus«, hatte Vicky ihren Schwestern versprechen müssen, die von der Idee erst einmal nicht sehr angetan waren.

Franka war immer noch skeptisch gewesen. Abhören! Heimlich filmen? Das war doch eigentlich fies. Und erlaubt war es sicher auch nicht. Aber Vicky hatte sie schließlich überzeugt: »Im Endeffekt drehen die genauso ein krummes Ding. Nur so können wir sie daran hindern.«

Schließlich zuckte Franka mit den Achseln und ließ Vicky in der Küche gewähren, während sie die Temperatur der Schokolade streng im Auge behielt, mit der sie ihre Dominosteine noch beziehen wollte. Wenn die Schoki zu heiß wurde, wurde sie grau – dann wären die Dominosteine ruiniert gewesen. Sie hatte immerhin schon drei Durchgänge gebraucht, bis die Marmeladenschicht endlich so fest war, wie sie es wollte. Und auf jeden Dominostein wollte sie noch ein bisschen pinkes Himbeerpulver streuen – schließlich waren es ja Trabbel-Dominosteine.

Am Donnerstagmittag hatte Babs endlich das übergroße pinkfarbene Schild für ihr Hotel geliefert bekommen. Sie und Onkel Flo hatten es unter einigen Mühen angebracht (weil ihr Onkel, immer wenn er oben auf der Leiter stand, irgendein wichtiges Werkzeug wie den Akkuschrauber vergessen hatte). Nun prangte es, gleich oberhalb der großen schwerhölzernen Eingangstür: *Babs' allerbestes Bio-Hotel.*

Als Babs, ihr Bruder, ihre Mutter und ihre Drillinge es das erste Mal von der Ferne betrachteten, kamen ihr vor Rührung die Tränen. Sie sah so stolz und so ergriffen aus. Franka musste mit sich kämpfen, dass sie nicht wieder angesteckt wurde. Da nahm Babs alle drei Mädchen mit Schwung in die Arme. »Danke«, sagte sie, »danke, dass ihr mitgekommen seid und mitgemacht habt. Das war immer mein Traum. Es ist so wunderbar, dass er jetzt endlich wahr wird!«

Tatsächlich, die Trabbels hatten sich ihr eigenes, ihr unverwechselbares Zuhause in Deininghofen geschaffen. Für diesen kleinen Augenblick konnte Franka ebenso stolz und ergriffen sein wie ihre Mutter. Für einen Moment hatte die Welt angehalten, die sie in Stress und Panik die letzten Tage vor sich hingetrieben hatte. Obwohl dieses Mal gar kein bisschen Schokolade im Spiel war, fühlte sich Franka im Arm ihrer Mutter, in ihrer Familie und Seite an Seite mit ihren verrückten Schwestern aufgehoben und glücklich. Endlich waren sie wieder Trabbel hoch drei statt Trabbel durch drei.

Eröffnungschaos hoch drei

Viel schneller und viel beängstigender als vorhergesehen war der große Freitag da. Der 5. Dezember. Nikolaustag. Der Tag der Eröffnung!

Alle Trabbels waren völlig übernächtigt. Vicky und Flo hatten bis weit nach Mitternacht noch den Rest Spionagesoftware eingerichtet und das letzte Dutzend Stühle zusammengeschraubt, die im Frühstücksraum aufgestellt werden sollten. Babs hatte alle Zimmer noch einmal geputzt, Bäder und Spiegel gewienert und die Betten bezogen, Bella hatte zusammen mit Oma Eleonore alle Gardinen aufgehängt, die Zimmer, die Rezeption, den Frühstücksraum und die Bar dekoriert. Auf jedem Nachttisch stand ein Schüsselchen mit zwei von Frankas Nikolaus-Pralinen und zwei Dominosteinen.

Franka war ganz in der Küche versunken. Sie hatte ein neues Rezept für das Bircher Müsli ausprobiert, das regelmäßig zum Frühstück serviert werden sollte und Unmengen kleiner Fenchel-und Rosmarin-Cracker gebacken, auf denen Appetithäppchen angerichtet werden sollten. Das große Essen wollte Babs am Freitagmorgen vorbereiten, wenn die Trabbel-Drillinge in der Schule waren – ein indisch-orientalisches Buffet mit Hummus, Currys, Käsepasten und gefüllten Pides. Franka hatte bei den Vorbereitungen geholfen, sie hatte vorgeschnibbelt und eingelegt, was das Zeug hielt.

Um zwei Uhr morgens war Franka müde in ihr Bett gefallen. Ihr eigenes. Endlich, hätte man meinen können. Endlich Ruhe vor dem Trabbel-Trubel, vor ihren Schwestern. Aber Franka freute sich gar nicht so über ihr eigenes kleines Reich, wie sie sich das vorher ausgemalt hatte. Vor zwei Nächten hatte sie es bezogen. Doch sie schlief unruhig in diesem Bett. Es schien fast so, als fehlten ihr die beiden Schwestern, als könne sie sich nur dann entspannt in den Schlaf fallen lassen, wenn neben ihr die gleichmäßigen Atemzüge von Bella und Vicky zu hören waren.

In der Nacht auf Freitag war es besonders schlimm. An diesem Tag hatte Franka keine ruhige Sekunde zum Nachdenken gehabt. Jetzt kreisten ihre Gedanken und Sorgen umso mehr, während die Kirchturmuhr gegenüber zu jeder Viertelstunde mahnte und ihr gnadenlos vor Augen führte, dass sie immer noch wach lag.

Mit einem nahezu übermenschlichen Aufwand hatten sie es geschafft, dass alles rechtzeitig fertig war. Alle Umbauten waren erledigt, die Möbel aufgebaut, die Tische waren eingedeckt, die wunderschönen Zimmer konnten bezogen werden. Es gab schnelles WLAN, eine Tee-Bar mit Bio-Riegeln und Apfelchips. Die Küche hatten sie und Babs fest im Griff. Eigentlich waren sie bestens vorbereitet.

Daran konnte die innere Unruhe von Franka also nicht liegen. Eine Ursache war sicherlich, dass Babs Presseleute eingeladen hatte. Seit ihrer Begegnung mit der fiesen Reporterin in der Stadt – und die schien ihr inzwischen Lichtjahre entfernt zu sein – bereitete Franka das Wort ›Presse‹ Unbehagen. Die Reporterin hatte es mit einem einzigen vernichtenden Artikel geschafft, ihr bisheriges Leben komplett zu zerstören. Wie schnell ginge das wohl mit Babs' Traum – dem Hotel? Noch einmal das Opfer der Presse zu sein – das würden die Trabbels bestimmt nicht überstehen.

Außerdem sollte die Presse nun mal nicht spitz kriegen, wo die Trabbels sich gerade aufhielten. In Deininghofen war der vermaledeite Artikel zwar aufgetaucht, aber bisher waren sie von irgendwelchen Schreiberlingen verschont geblieben. Von ihrem Versteck auf dem Land hatte wohl noch niemand Wind bekommen.

Das musste um jeden Preis so bleiben. Nicht auszudenken, was es nach sich ziehen würde, wenn einer der eingeladenen Pressefuzzis sie als die berühmten Trabbel-Drillinge erkannte und es die Runde machte, wo sie jetzt wohnten.

Franka nahm sich ganz fest vor, ihre Schwestern für morgen unbedingt zu instruieren: Auf gar keinen Fall durften sie alle drei gleichzeitig auftreten. Eine musste sich immer im Hintergrund halten. Bestenfalls wurden sie dann für Zwillinge gehalten. Für pinkköpfige Zwillinge. Denn die neue Haarfarbe war so dominant, dass man ihre allseits bekannten Gesichter darunter vielleicht gar nicht mehr erkennen würde. So würden sie auch weiterhin unbehelligt in Deininghofen bleiben können.

Und noch etwas hielt Franka wach: Mehr als sie sich vorher hatte eingestehen wollen, beunruhigte sie der Gedanke an Mattis und Severin. Vicky hatte zwar alle technischen Möglichkeiten ausgeschöpft, um die Störenfriede im Auge zu behalten, aber einen echten Plan, wie sie deren Aktionen stoppen wollten, hatten sie nicht.

Bis jetzt waren alle Begegnungen mit Mattis und Severin so verlaufen, dass die Drillinge den Kürzeren gezogen hatten. Ehrlich gesagt – Franka fühlte sich den beiden gegenüber immer ein wenig ausgeliefert. Was würden sie anstellen – und was würden sie und ihre Schwestern dagegen überhaupt noch ausrichten können?

Im Normalfall war Frankas Bauchgefühl etwas, worauf sie sich immer verlassen konnte. Ein Vorteil, wenn man die Nette war. Der Bauch hatte sie noch nie betrogen. Und ihr Bauchgefühl sagte ihr, dass die Drillinge es allein nicht schaffen würden.

Sie brauchten Hilfe.

In einem kleinen Kaff wie Deininghofen konnte man nicht ohne Verbündete klarkommen. Sie würden es niemals mit einem ganzen Dorf aufnehmen können. Nicht, wenn sie nicht ein paar Leute auf ihrer Seite hatten …

Kurzentschlossen packte Franka ihre Bettdecke und schlich damit über den Flur. Die Kirchturmuhr schlug Viertel nach drei. Leise, hauchleise klopfte sie an Vickys Zimmertür an. Vielleicht war ja auch hier noch jemand wach?

Vicky war in dem Zimmer geblieben, in dem die Drillinge zuerst geschlafen hatten. Sie hatte es noch nicht einmal geschafft, ihr neues Futonbett aufzubauen. Sie schlief immer noch in dem quietschenden, alten Doppelbett mit den auseinanderdriftenden Matratzen.

»Was ist?«, kam es aus dem Zimmer. Vicky schien tatsächlich auch noch nicht zu schlafen. Nahezu unhörbar schlich Franka hinein und schloss sachte die Tür.

»Ich habe eine Idee. Und ich muss unbedingt wissen, was du davon hältst. Kann ich in dein Bett kommen?«

»Klar«, meinte Vicky. »Bella, rutsch mal `nen Stück.«

Franka lächelte im Dunkeln. Da hatte sich wohl noch jemand einsam gefühlt. Und so saßen die drei Schwestern wieder vereint in ihrem Doppelbett, das zwar eng, aber dennoch heimelig war – wie immer.

»Ich mache mir Sorgen, dass wir vielleicht gegen Mattis und Severin nichts ausrichten können …«, fing Franka an.

»Wir auch«, sagte Bella. »Wir machen uns auch Sorgen.«

Manchmal beschlich Franka das Gefühl, dass ihre Gehirne irgendwie synchron liefen. In wichtigen Augenblicken dachten sie, Bella und Vicky tatsächlich immer das Gleiche.

»Wir könnten vielleicht Hilfe aus dem Dorf gebrauchen«, sagte Franka.

»Und wer soll uns hier helfen?«, fragte Vicky. Sie klang misstrauisch.

»Johanna und Rudi.«

Franka hörte, wie ihre beide Schwestern die Luft anhielten und diese zwei Namen auf sich wirken ließen.

Sie fügte noch hinzu: »Sie haben sich gegen Mattis und Severin gewehrt. Sie wollten ganz bestimmt nicht mitmachen bei ihren gemeinen Streichen!«

»Stimmt«, gab Vicky zu.

»Und sie waren immer fair zu uns«, fuhr Franka fort. »Ich traue Johanna.«

»Okay«, lenkte nun auch Bella ein.

»Jedenfalls hat Babs noch ein Zimmer frei. Und ich dachte, wir quartieren da Johanna und Rudi ein. Nur zur Sicherheit. Einverstanden?«

»Wenn du meinst«, sagten Vicky und Bella wie aus einem Mund. Franka hatte gedacht, sie würde mehr Überzeugungsarbeit leisten müssen. Aber die Drillinge verstanden sich auch so. Ohne große Worte. Einfach nur, weil sie Seite an Seite in ihrem Doppelbett lagen und dem langsamen Atmen ihrer Schwestern lauschten, bis sie in einen kurzen traumlosen Schlaf fielen …

Johanna hingegen verstand erst einmal nix.

»Wir wohnen doch direkt neben euch. Warum sollten wir bei euch im Hotel übernachten wollen?«, fragte sie verdutzt, als Franka sie einweihte. Es kam fast schon ruppig rüber.

Stimmt, Franka hatte ganz vergessen, wie praktisch Johanna dachte. Sie beschloss mit offenen Karten zu spielen: »Dein Vater und meine Mutter waren früher mal gute Freunde. Deshalb dachte ich, ich frage dich. Wir haben ein paar gute Freunde hier dringend nötig, die uns nichts Böses wollen. *Ich* habe Freunde nötig. Gerade heute bei der Eröffnung.«

Ein seltenes Lächeln huschte über das jungenhafte Gesicht von Johanna. Franka kam es vor, als hätte sie gerade eben das erste Mal richtig hingesehen bei Johanna. Mit ihren unzähligen winzigen Lachfältchen um die Augen, mit den Millionen von Sommersprossen und den kurzen Haaren hatte sie was Freches, aber auch etwas, was Franka gerade ungemein sympathisch fand. Sie lächelte zurück.

»Geht klar. Wir kommen. Papa, Rudi und ich. Wenn Papa nicht kann, kommen nur Rudi und ich. Ist so was wie eine Familienehrensache, oder nicht?« Die brunnentiefe Stimme erinnerte Franka gleich wieder an Rudi.

Ein bisschen Respekt davor, Rudi wieder direkt unter die Augen zu treten, hatte Franka schon. Ihre letzten Begegnungen waren ja mehr als peinlich gewesen. Wie konnte sie eigentlich erwarten, dass ausgerechnet Rudi ihr an diesem Abend helfen wollte? Nur weil er Johannas Bruder war?

Aber etwas in Frankas Bauch sagte genau das: Sie würde ihm trauen können. Rudi hatte Mattis und Severin schon öfters die Stirn geboten und er hatte ihnen erklärt, er würde bei ihren verrückten Plänen nicht mitmachen. Rudi war der Richtige. Ganz sicher.

Als Franka um 16 Uhr dann ihrer Freundin Johanna und deren Bruder gegenüberstand, hatte sie dennoch weiche Knie. Sie schob Dienst an der Rezeption. Beim Anblick von Rudi krampfte sich Frankas Bauch einfach nur zusammen. »Schickes Kostüm, … Franka … äh …«, sagte Rudi nur und deutete belustigt auf Frankas Trabbel-pinkfarbenen Rock mit weißer Bluse und passendem Nickituch.

»Das Kostüm hat Bella uns ausgesucht«, versuchte sich Franka zu entschuldigen. »Ich find's auch ein bisschen übertrieben. Aber Profis haben nun mal eine Uniform.«

»Lass dich nicht ärgern, Franka!«, Johanna gab ihrem Bruder einen Klaps und fuhr fort: »Er kommt immer wieder gern zu euch. Ihr habt nämlich das schnellste WLAN im ganzen Ort …«

Ertappt musste nun auch Rudi ein klein wenig grinsen. Johannas Bruder hatte tatsächlich mindestens ebenso viele, vielleicht sogar noch ein paar mehr Lachfalten und Sommersprossen als seine Schwester.

Viel Zeit, sich um die Neuankömmlinge zu kümmern, hatte Franka ohnehin nicht, denn eine Reporterin und der Bürgermeister meldeten sich an der Rezeption an. Den schnappte sich Oma Eleonore natürlich höchstpersönlich. Sie trippelte in ihrem drei Meter langen rosa Walle-Schal zum Rezeptionstresen, nahm »ihren« Franz bei der Hand und führte ihn an die Bar beim Frühstücksraum. »Schön, dass du da bist, darauf müssen wir gleich mal anstoßen …«

Die beiden nächsten Gäste hätte Franka am liebsten gar nicht erst eingecheckt: Mattis Ruf und Severin Mack.

»Wo sind eure Eltern?«

»Verhindert«, sagt Mattis. »Die müssen schließlich ihre Brötchen verdienen.« Er feixte.

»Und mein Vater weiß schon, wie es bei euch aussieht. Er kennt ja alle Möbel!«, setzte Severin frech eins drauf.

Eine gute Rezeptionistin bleibt immer gelassen. Franka gab sich also allergrößte Mühe, dem Bild zu entsprechen. »Na gut«, erwiderte sie betont ruhig, »dann bekommt ihr zusammen Zimmer 2 im ersten Stock. Mein Onkel bringt euer Gepäck nach oben.« Flo griff sich den schweren Rucksack und zwinkerte Franka zu. Es war abgemacht, dass Flo ein kleines Mikro am Gepäck von Mattis und Severin anbringen würde.

Severin schluckte, als er den vermeintlichen Anwalt der Trabbels wieder erkannte. Irrte sich Franka, oder konnte sie gerade klare Rachegedanken an Severins Stirn ablesen?

Ginge es nach ihr, hätte Franka die beiden ungeliebten Gäste mitsamt Gepäck gleich wieder vor die Tür gesetzt. Aber Babs hatte ihnen noch einmal eingeschärft: Sie sollten zu allen ausgesucht freundlich und zuvorkommend sein. Jeder, wirklich jeder Sonderwunsch sollte erfüllt werden. Dummerweise hatte Babs das auch in den Willkommensbrief geschrieben, der in jedem Zimmer lag.

Mattis und Severin nahmen dieses Versprechen wörtlich und bestellten im Zehn-Minuten-Takt Cola, Chips, Schokolade aufs Zimmer. Alles einzeln. Franka brachte brav jede Bestellung nach oben, nur statt der salzigen Kartoffelchips gab es gesunde Bananenchips, statt Cola eine selbst gemachte Limonade. Vicky zwinkerte Franka bei der letzten Lieferung zu: »Wenn sie in ihren Zimmern sind, haben wir sie wenigstens unter Kontrolle. Die Mikrofone laufen und wir können mithören.« Sie deutete auf den Stöpsel in ihrem Ohr und flüsterte Franka zu: »Und Flo schneidet alles mit.«

Um 18:30 Uhr versammelten sich die meisten Besucher – bis auf Mattis und Severin – zur offiziellen Eröffnungsrede. Der Bürgermeister und Eleonore, Onkel Flo, die Damen und Herren von der Presse, die Hotelkritiker und eine Handvoll Neugierige aus dem Dorf waren gekommen. Babs hatte sich sicher mehr Gäste gewünscht, gerade welche aus Deininghofen. Auf 50 Leute hatten sie und Franka das Buffet ausgerichtet. Gerade mal die Hälfte war da. Schade eigentlich.

Aber als professioneller Gastgeber ließ sich Babs nichts anmerken. Franka lauschte der Rede ihrer Mutter von der Küche aus. Zum einen, weil sie peinlich darauf achtete, nicht zusammen als Drillinge gesehen und entdeckt zu werden. Zum anderen, weil sie sichergehen wollte, dass die Jungs aus dem ersten Stockwerk keinen Blödsinn in ihrer Küche anstellten. Und tatsächlich, das Publikum hatte kaum zweimal geklatscht, da stand auch schon Mattis in der Tür.

Franka kniff die Augen zusammen: »Ja?«

»Ach … ich wollte eigentlich nur noch mehr … äh, Limonade …?« Mattis machte sich nicht einmal die Mühe, auch nur irgendwie glaubwürdig zu klingen. Vom Frühstücksraum drang Babs herüber, die gerade viel glaubhafter ihre Lüge auftischte: »… und ganz besonders herzlich möchte ich dem Bürgermeister und allen alten und neuen Freunden hier in Deininghofen danken, die uns so offen und freundlich wieder hier aufgenommen haben …« Babs war echt ein Medienprofi. Sobald sie ein Mikro in der Hand hielt, redete sie ohne Punkt und Komma.

Abgelenkt drückte Franka Mattis eine zimmerwarme Limonade in die Hand und rückte die Platten mit den Appetithäppchen zurecht.

»Noch was?« Der Kerl sollte endlich aus ihrer Küche verschwinden. Wenn er noch länger blieb, würde sie anfangen zu knurren wie ein Hund …

Endlich trollte sich Mattis, aber da stand Franka schon vor der nächsten Schwierigkeit. Denn Babs war beim Ende ihrer Rede angelangt: »… aber Sie stehen hier sicher nicht alle, um mir lange zu lauschen, sondern Sie sind doch bestimmt wegen der vielen leckeren Köstlichkeiten gekommen, die meine Tochter Franka und ich für Sie vorbereitet haben. Franka? Ich glaube, wir können die ersten Häppchen reichen …«

Panik ergriff Franka. Sie konnte da noch nicht raus. Erstens, weil dann keiner mehr die Küche bewachte, und zweitens: Vicky und Bella waren bei ihren Gästen. Zu dritt sollten sie nicht in Erscheinung treten.

»Franka?«, rief Babs noch einmal aus. »Franka!«

Da sprang die Küchentür auf und Vicky und Bella kamen hereingestürmt. »Franka! Die Häppchen!«, mahnte Bella. Doch Franka hatte einen anderen Plan:

»Wir dürfen nicht zu dritt auftreten. Schon vergessen?« Sie drückte Bella die erste Platte mit den Holunderpralinen und Appetithäppchen in die Hand und schickte sie raus.

»Ah, da ist ja Franka…« Babs stockte kurz am Mikro. Sie hatte natürlich Bella erkannt. Aber professionell spielte sie das Spiel weiter und ließ sich keinerlei Irritation anmerken: »…und ihre phänomenalen Holunderpralinen. Und ich kann Ihnen versichern, die Zutaten aus unserer Patisserie haben alle Bio-Qualität. Das ist meiner talentierten Nachwuchs-Köchin ganz besonders wichtig…« Nur die Trabbels selbst wussten, dass Franka gerade gar nicht im Raum war.

Mit Absicht hatten die Drillinge nicht nur das Gleiche angezogen – pinkfarbener Rock und Bluse – sondern sich auch mit gleicher Frisur gestylt. Vicky musste heute ausnahmsweise auf ihre Brille verzichten, die sie ja sowieso kaum brauchte.

Die steckte gerade den Kopf zur Küche rein. Franka zögerte noch, bis sie das zweite Tablett mit ihren Kreationen nach draußen trug. »Mattis schwirrt irgendwo im Haus rum«, schärfte sie Vicky ein. »Severin wahrscheinlich auch. Du und Flo, ihr müsst ihn suchen und schauen, was sie treiben…«

Sofort steckte sich Vicky ihren Stöpsel wieder ins

Ohr und lauschte angestrengt. »Auf ihrem Zimmer sind sie nicht. Alles still«, raunte sie. »Wir gehen auf die Suche!« Sie stürmte aus der Küche.

Nun, da mit Bella nur noch ein Drilling im Frühstücksraum war, konnte Franka auch reingehen und ihr Tablett mit Bio-Prosecco und frisch gepresstem Orangensaft herumreichen. Babs hatte mit ihrer Rede aufgehört und schnatterte angeregt mit ihren Gästen. Eleonore nahm gleich noch zwei mal zwei Gläser Prosecco für sich und den Bürgermeister.

Als sie sich umdrehte, hielt sie die junge Reporterin auf, die Franka vorhin eingecheckt hatte: »Die Pralinen von deiner Schwester Franka sind aber auch wirklich zu köstlich. Mein Kompliment. Ob sie mir vielleicht das Rezept verrät?«

»Das ist streng geheim«, versuchte sich Franka aus der Affäre zu ziehen. Einem Pressefuzzi würde sie bestimmt nichts Heikles mehr anvertrauen. Nicht mal so was wie ein Rezept.

Doch die Lokalreporterin ließ nicht locker. »Deine Mutter ist hier aufgewachsen in Deininghofen, stimmt's? Und deine Oma auch?« Franka nickte beklommen. Wie sollte sie sich nur loseisen?

»Und ihr wart vorher wo…?«, wollte die Reporterin wissen.

Oh Mist, jetzt wurde es aber ganz knifflig. Wenn Franka hier ehrlich antwortete, wäre die Spur zu ihrem alten Zuhause nicht weit und von dort zu allen alten Trabbel-Berichten auch nicht.

Sie beschloss, die Frage zu ignorieren und sagte stattdessen: »Ich werde mal gehen und fragen, ob wir nicht doch irgendwo das Rezept für die Holunderpralinen mit Minze haben …«

»Ach, Minze ist da drin? Wie raffiniert. Deine Schwester ist wirklich gut …«, sagte die junge Reporterin. Unter anderen Umständen wäre Franka wirklich geschmeichelt gewesen, aber gerade wollte sie nur noch weg. Zumal die Reporterin noch weiterbohrte: »Sag mal, du und deine Schwester – ihr seid doch Zwillinge? Habt ihr vielleicht Lust, euch ein bisschen mit mir zu unterhalten? So kann ich vielleicht eine nette Story über das Hotel bringen, die einen persönlichen Touch hat. Die Pralinen-Künste deiner Schwester wären dabei natürlich der allerbeste Aufhänger …«

Franka spürte, wie ihr ein Schweißtropfen die Wirbelsäule runterrann. Nein. Nein. Nein. Sie wollte auf gar keinen Fall ein solches Interview. Niemals.

Andererseits konnte sie es Babs nicht antun und es sich mit der wichtigen Pressetante verscherzen. Sie versuchte abzulenken: »Darf ich Ihnen vielleicht einen

Cappuccino machen? Oder eine heiße Schokolade? Noch eine Spezialität des Hauses …«

»Eine heiße Schokolade? Ja, gern. Doch nur, wenn du mir eine Antwort auf die Frage gibst, ob ich euch interviewen darf.«

»Ich komme gleich wieder.« Froh um diese kurze Pause flüchtete sich Franka in die Küche. Mit geschlossenen Augen musste sie sich erst einmal an die Küchentür lehnen.

Ihr war ja klar gewesen, dass diese Eröffnung anstrengend würde, aber mit so einem chaotischen Spießrutenlauf hatte sie nicht gerechnet. Zumal jetzt auch noch Vicky hereinkam, die keine guten Nachrichten mitbrachte: Severin und Mattis waren nirgendwo zu finden.

»Entweder sie sind nicht im Haus oder in einem der Zimmer, die belegt sind. Da konnten wir ja unmöglich reingehen! Flo hört jetzt die Aufnahmen aus ihrem Zimmer ab, vielleicht finden wir da einen Hinweis«, stöhnte sie.

»Die sind unbeobachtet unterwegs? Mit Kakerlaken im Gepäck? Oder noch Schlimmerem? Die können wer weiß was anrichten!« Nun ergriff Franka erst recht die Panik. Sie zitterte.

»Wir werden sie schon finden«, versuchte Vicky

sie zu beruhigen und nahm Franka kurz in den Arm. »Bleib ruhig. Ja? Wie sieht's bei den Gästen aus?«

»Ich kann aber nicht ruhig bleiben. Die Pressetussi will ein persönliches Interview mit uns ›Zwillingen‹. Weil ich so leckere Sachen zubereite.«

»Siehst du, ich sage ja immer, dass deine Dominosteine und Holunderpralinen mehr Applaus verdienen! Die sind einfach sensationell!«

Franka tröstete das Lob ihrer Schwester nicht wirklich. Schließlich musste sie die Reporterin irgendwie abwimmeln, ohne sie vor den Kopf zu stoßen, und ihre Küche vor ekligem Getier bewahren. Sie würde sich erst einmal der heißen Schokolade widmen. Doch kaum hatte sie die Milchschaumdüse in den Topf gesteckt, da gab es einen kleinen Knall. Mit einem Schlag war es dunkel in der Küche. Aus dem Gästezimmer kamen erstaunte Stimmen. Ein Glas fiel klirrend auf den Boden.

Für Franka war sofort klar, was das bedeutete: Severin und Mattis waren nur deshalb nicht aufzufinden gewesen, weil sie sich im Keller herumgedrückt hatten. Am Sicherungskasten. Anscheinend hatten sie den Hauptschalter gefunden.

Scherben hoch drei

Franka zog ihr Handy aus der Brusttasche, schaltete die Taschenlampen-App ein und machte sich sofort auf die Suche. Auf der Treppe begegnete ihr Onkel Flo – ebenfalls mit der Taschenlampen-App bewaffnet. »Sicherung«, sagte er knapp und ging an ihr vorbei. »Ich mach schon! Sucht ihr weiter.«

Doch Franka ging erst einmal nicht auf die Suche, sondern machte sich auf in den Frühstücksraum, aus dem leicht beunruhigtes Gemurmel drang. Als sie hereinkam, sah man kaum etwas – nur die sanften Flammen der Gaskartuschen unter dem warmen Buffet. Sie warfen flackernde Schatten auf die besorgten Mienen der Gäste.

»Meine Damen und Herren«, rief Franka in die Menge, und Babs hätte es nicht professioneller machen können, »wahrscheinlich gibt es Probleme mit der

Sicherung. Wir kümmern uns bereits darum. Gleich gibt's wieder Licht. Und derweil haben wir unser kleines Eröffnungs-Feuerwerk für Sie«.

Aus der Küche hatte sie auf dem Weg geistesgegenwärtig eine Packung Wunderkerzen mitgenommen, von denen sie nun welche entzündete und an die ersten Umstehenden, an Johanna und Rudi, weiterreichte. Das Mini-Feuerwerk war ja eigentlich für den Nachtisch vorgesehen gewesen, und eigentlich hatte sich Öko-Babs komplett dagegen gesträubt, aber manchmal musste man eben improvisieren.

Den Gästen jedenfalls schien das kleine Spektakel zu gefallen. Frankas Finte war erfolgreich. Man hörte einen leichten Quieks und ein Kichern im Hintergrund. Eindeutig Eleonore. Es dauerte nicht einmal zwei Minuten und Flo hatte den Strom wieder angestellt.

»Och«, kam es enttäuscht von Johanna, deren Wunderkerze erst halb abgebrannt war. Aber Franka hatte sich beim ersten Licht gleich wieder umgeschaut: Von Mattis und Severin war jedenfalls keine Spur zu sehen. Sie mussten sich noch irgendwo rumtreiben.

Hoffentlich nicht in der Küche! Nicht mit Kakerlaken! Doch gerade, als sich die besorgte Franka wieder in die Küche verdrücken wollte, wurde sie festgehalten.

»Hier geblieben!« Die junge Reporterin hatte Franka

fest im Griff. »Erst sagst du mir, ob ihr mir ein Interview geben wollt. Du bist mir noch eine Antwort schuldig.«

Verdammt, das hatte gerade noch gefehlt! Für die hartnäckige Reporterin hatte sie jetzt wirklich keinen Nerv.

»Interview? Da haben Sie bestimmt mit meiner Schwester gesprochen. Es tut mir leid, ich habe gerade gar keine Zeit. Wir servieren gleich das Essen …«

»Deine Schwester wollte mir noch eine heiße Schokolade machen …«, erinnerte die Reporterin Franka, die schon fast außer Hörweite war.

»Kommt sofort. Noch vor dem Essen!«

Franka verschwand blitzschnell hinter der Küchentür. Uff. Ein weiterer Pinkschopf wartete schon in der Küche. Die atemlose Vicky. In der Hand hielt sie eine kleine Schachtel, in die Luftlöcher hineingestochen waren.

»Mattis und Severin konnte ich nicht finden, aber das hier habe ich in ihrem Zimmer entdeckt. 1:1 für uns«, grinste Vicky. Franka genügte ein kurzer Blick in den Karton, den Vicky ihr reichte: Kakerlaken.

Bäh! Bäh, und noch mal Bäh!

»Die müssen sofort raus aus der Küche. Wenn die jemand entdeckt, können wir sofort einpacken.«

Doch just in diesem Augenblick ging die Küchentür auf und die halbe Gesellschaft aus dem Frühstücksraum kam hereingestoben. Oma Eleonore, sichtlich angeschickert am Arm vom Bürgermeister, hatte zu einer inoffiziellen Hausführung aufgerufen.

Franka hatte gerade noch eine Sekunde, um den verdächtigen Karton hinter ihrem Rücken zu verstecken. Schon setzte Babs an, um die vielen technischen Segnungen ihrer neu ausgestatteten Küche zu preisen: Die Kaffeemaschine, die jahrelang in einer original toskanischen Bar gestanden hatte, den Thermomix, den Dampfgarer und den Induktionsherd mit sechs Kochstellen und so weiter. Alles vorbereitet, um Frühstücksgäste zu bewirten, Tagungsgäste zu bekochen, Snacks für den Abend zuzubereiten. Und natürlich ließ Babs auch Frankas Talent als Pralinen-Erfinderin und Feinschmeckerin nicht unerwähnt.

Doch Franka konnte gerade diese übertriebene Aufmerksamkeit gar nicht brauchen – mit dem verdächtigen Karton hinter ihrem Rücken!

»Ich würde ja sehr gern die berühmte Schokolade von Ihrer Tochter probieren«, ließ sich die Reporterin hinten aus dem Gästepulk vernehmen, »aber ich warte immer noch darauf.«

Zeit für ein weiteres Wechselspiel, beschloss Franka.

Sie nickte zu Vicky hin: »Franka wird Ihnen sofort die berühmte heiße Schokolade zubereiten. Wir müssen nur noch einmal Milch schäumen. Das ging beim Stromausfall vorhin nämlich nicht.« Dabei sah Franka ihrer Schwester bedeutungsvoll in die Augen. Gut, wenn man sich ohne Worte verstand: Vicky hatte sofort begriffen. Sie musste jetzt Franka, die Schokoladenfee spielen, zumindest so lange, bis Franka ohne aufzufallen aus der Küche verschwunden war und die Kakerlaken weggeschafft hatte. Als sich Vicky mit viel Brimborium an der Espressomaschine zu schaffen machte, konnte Franka, mit dem Rücken voraus, aus der Küche entwischen. Schnell musste sie mit ihrem verräterischen Päckchen so weit wie möglich weg von den Gästen.

Wenn Babs und Eleonore ihre Hausführung weiter fortsetzten, dann wären sie bestimmt bald im ersten Stock, dann ging es weiter in den zweiten. Wer weiß, vielleicht kamen sie sogar noch in den dritten Stock, wo ihre privaten Schlafzimmer waren, und dann …

Franka raste also bis ganz hinauf, bis in die Dachkammer. In Eleonores völlig zugestopftem und chaotischem Zimmer war sie mit ihrem verräterischen Karton sicher. Eleonore hatte hier jeden Winkel, jede freie Fläche, jede Wand mit ihrem extravaganten Schnickschnack belegt: hier die Federboa, da ein Dutzend Schals. Es roch gleichzeitig nach allen Parfüms, die ihre Oma für jede Lebenslage bereithielt, und in einer Ecke stapelten sich schief fünf, sechs, sieben Hutschachteln.

Die oberste, die fliederfarbene, auf die Frankas Blick fiel, die war genau die richtige! Hier würde gewiss so schnell niemand suchen, und genau hier waren die Kakerlaken am allersichersten aufgehoben. Morgen würde sie ihre Oma aufklären. Für heute aber würde der Fliederhut kurzfristig auf die Schneiderpuppe wandern, und die Kakerlaken in die Hutschachtel, die Franka nicht ganz mit dem Deckel verschloss. Einen Mord an Tieren konnte man als Vegetarier ja wohl schlecht verantworten.

Als Franka aus Eleonores Zimmer schlich, musste sie erst einmal kräftig durchatmen. Nicht nur wegen des Parfümgestanks, sondern auch, weil mit den Kakerlaken die – wie sie dachte – die allerdringlichste, die allerschlimmste Gefahr gebannt war. Und weil sie endlich einmal kurz auftanken konnte, bis sie ins Getümmel zurück musste.

Das kam schneller als gedacht, denn auf dem Weg von der Dachkammer zurück begegnete sie Eleonore und dem Bürgermeister, der eine Privatführung bekam. Während Babs sich mit den anderen Gästen wohl im ersten Stock aufhielt, traf sie im zweiten auf Onkel Flo und Vicky. »Der Stromausfall hat unsere Bluetooth-Verbindung gekappt. Wir empfangen weder die Kamera in der Küche noch das Mikro im Zimmer von den Jungs. Wir wissen gerade gar nichts«, raunte er ihr zu. »Vicky und ich werden das beheben, aber es kann dauern. Vicky macht ein Reset bei der Küchenkamera, aber um ein Reset beim Mikro zu machen, müssen wir noch mal ins Zimmer von Mattis und Severin … Bella hält die Stellung am Buffet.«

»Seid vorsichtig«, ermahnte sie Franka. »Ich seh zu, dass beim Abendessen nichts schiefgeht.«

Denn das hatte Babs ihren Gästen mittlerweile vollmundig angekündigt, nachdem sie in höchsten Tönen ihre Tochter Bella und ihre Mutter gelobt hatte, die die Zimmer so liebevoll ausgestattet hatten – »… alles größtenteils selbst gemacht haben. Weil wir ein ganz besonders persönliches Hotel sein wollen. Für die Zeit, die unsere Gäste bei uns sind, werden sie Teil unserer Familie und essen mit uns. Alles wird von uns selbst und per Hand und jeden Tag mit all unserer Liebe zubereitet. Nur so wissen wir, dass die Zutaten wirklich alle Bio-Qualität haben, nachhaltig und in der Region produziert werden, kein Fleisch beinhalten. Die Äpfel kommen aus unserem Garten, im nächsten Jahr auch die Beeren, Kürbisse und Kirschen …«

Franka war nun wieder zur Hausführung hinzugestoßen, wo ihre Mutter mit ihrem strahlenden Festturban inmitten ihrer Gäste stand. Sie hatte sich warm geredet in ihrer Begeisterung, die Wangen glühten, in ihren Augen lag trotz der überschminkten Augenringe ein Strahlen, das mühelos einen ganzen Raum hätte erleuchten können.

Tatsächlich schien ihre Euphorie auf alle anderen überzugehen. Die Gäste schienen allesamt mächtig beeindruckt von dem Hotel. Die Hotelkritiker nickten freundlich und anerkennend, die Reporterin schrieb ununterbrochen mit. Babs war glücklich. Und für einen kleinen Moment der Ruhe war es Franka auch.

Es war so unendlich anstrengend gewesen, das alles zu erreichen, und noch waren Mattis und Severin nicht endgültig eingefangen – aber für Babs' überglückliches Gesicht allein hatte sich das alles gelohnt. Und für die Gäste auch, denn die kamen beim Essen kaum noch aus dem Schwärmen raus.

Vor allem die junge Reporterin, die sich bestimmt fünfmal am Buffet bediente, war sehr angetan: »Ihr ahnt ja nicht, was man sonst als Presse so an Fraß vorgesetzt bekommt… Aber wir dürfen unser Interview nicht vergessen, Franka. Das wird eine tolle Story, ein Hotel mit Familienanschluss. Die kochenden und heimwerkenden Zwillinge …«, ermahnte sie Franka, die gerade ein paar Teller zusammenräumte und auf den Servierwagen stapelte. Au Backe! Dieses Problem hatte sie ja fast schon wieder vergessen.

»Wir haben noch viel zu tun …«, wich Franka aus, woraufhin die Reporterin hoffnungsvoll weiter quengelte: »Dann später?« Franka nickte abwesend und entschuldigte sich, um weiter Geschirr einzusammeln und Bella vorzuwarnen.

»Niemals wieder gebe ich ein Interview«, schnaubte diese leise und stapelte leere Crème-brûlée-Schälchen auf den Servierwagen. »Kann Babs das nicht übernehmen?« Aber Bella sah selbst, dass Babs mit den Kritikern zu beschäftigt war. Eleonore schäkerte an der Bar mit dem Bürgermeister. Ihr Stand auf den hohen Schuhen war auch nicht mehr der allersicherste.

»Wir räumen noch kurz zusammen, dann verdrücken wir uns einfach in die Küche und verstecken uns vor der Pressetussi«, gab Franka als Parole aus. »Jemand muss sowieso noch das ganze Geschirr fürs Frühstück durch die Geschirrspülmaschine jagen.«

»Ich helfe dir«, grinste Bella und packte sofort mit an. »Vor drei Wochen hättest du noch gezickt …«, sagte

Franka, die nur für einen Hauch einer Sekunde ihren Kopf an Bellas Pinkschopf lehnte.

Bella gab ihr einen freundschaftlichen Stupser mit der Schulter zurück: »Zicken? Hab ich doch gar nicht mehr nötig. Und überhaupt, hast du nicht immer gesagt: Wenn wir Trabbels nur zusammenhalten, dann kann uns keiner was?«

Auch Vicky tat ihr Bestes für die Trabbels. Wenn auch ganz anders als Bella. Sie hatte ihren Schwestern gerade eine verzweifelte Nachricht geschickt:

wmi? Sitze im Schrank bei M. und S. Kann nicht raus. Shit. Die Jungs sind gerade zurückgekommen. Ton aus.

Bella appte zurück: **wgd? Planen die gerade was?**

Vickys Antwort kam promt: **gs. Schrank ist groß, nur der Safe pikst im Rücken. Lage ruhig. M. + S. spielen gerade im WLAN. lw. Ich bleibe erst einmal hier und melde mich, wenn's was Neues gibt. Flo kümmert sich um das Reset vom Rechner, damit wir wieder aufzeichnen können. v.**

Hilfe?, tippte Franka ins Handy.

Komme schon klar. Kümmert ihr euch um die – hier hatte Vicky das Party-Symbol eingefügt.

Noch vor 14 Tagen hatte Vicky alles dafür getan, um sich von ihren Schwestern abzusetzen, um ihr eigenes Ding zu drehen. Und jetzt quetschte sie sich für den großen Plan sogar in einen unbequemen Schrank…

Vicky würde das Ding schon schaukeln. Halbwegs beruhigt räumte Franka die letzten Reste Geschirr auf den Servierwagen und wollte ihn mitsamt dem haushohen Stapel vom Frühstücksraum in die Küche schieben.

Und da passierte es. Als Franka über die Türschwelle rollte, genau da machte es »Kracks«. Das linke Vorderrad löste sich und brach zur Seite weg. Sofort neigte sich der Servierwagen nach links, das Geschirr geriet ins Rutschen.

Franka riss den Wagen nach oben. Doch da löste sich auch rechts ein Rad. Es gab ein weiteres lautes »Kracks«, und dann sauste mit einem mörderischen Schwung das Rad aus der Achse, kullerte einmal durch den halben Frühstücksraum und blieb in der Mitte bebend vor aller Augen liegen.

Das sollte erst der Auftakt für das eigentliche Spektakel sein. Denn jetzt bebte auch das Geschirrgebilde auf dem Servierwagen. Franka versuchte noch, den Stapel auf der linken Seite festzuhalten, als das gesamte Geschirr auf der rechten schon zu Boden stürzte. Mit ohrenbetäubendem Geschepper kam es auf den alten Jugendstilfliesen auf. Bella griff in den Stapel, konnte aber nur noch ein einziges Dessertschälchen aus der Luft retten, das ganz oben platziert gewesen war.

Der Rest jedoch ging mit Getöse zu Bruch.

Es dauerte mehrere Sekunden, bis Franka das gesamte Ausmaß des Schadens überblickte. Nichts war heil geblieben, wirklich gar nichts. Frankas ganze Zuversicht, die sie noch einen Augenblick vorher getragen hatte, war wie das Geschirr gründlich zerdeppert worden.

Tausende Gedanken rasten durch ihren Kopf. Wer hatte das angestellt? War das das Werk von Mattis und Severin? Und wenn ja, wann hatten sie das gemacht? Wann war der Servierwagen je unbeaufsichtigt gewesen? Wo hatte sie versagt? Wie sollten sie morgen nur das Frühstück servieren – ohne Geschirr? Wie sollte das alles nur ausgehen, jetzt nachdem Severin und Mattis so offensichtlich Oberhand gewonnen hatten? Wie sollte sie ihre peinliche Wut unterdrücken, ihre Enttäuschung, ihre Scham, ihre Tränen, die unwillkürlich hochkamen? Wie sollte sie vom Boden aufstehen können, auf den sie sich hatte sinken lassen? Und warum bloß saß Bella hier und heulte ebenso wie ein Schlosshund? Und wessen Hand war das?

Johanna war neben Franka in die Hocke gegangen.

»Alles okay? Wie geht's euch?«, fragte sie mit samtdunkler Stimme. Franka brachte nicht mehr als einen Schluchzseufzer zusammen, reden konnte sie nicht. Wenigstens saß sie abgewandt von dem Publikum. Wie durch Watte hörte sie den Bürgermeister das Wort ergreifen: »Nun ja, Sie wissen alle: Scherben bringen Glück! Das war nur ein kleines Missgeschick. Kein Grund, ein rauschendes Fest zu unterbrechen. Zum Glück sind die Gläser nicht auch zu Bruch gegangen. Meines ist übrigens leer… Elly-Schätzchen, willst du uns etwa auf dem Trockenen sitzen lassen?«

Eleonore musste dieser Aufforderung sofort nachgekommen sein, denn bald schon hatte das Gemurmel und Geproste der Gäste wieder eingesetzt, die sich wieder ganz mit sich selbst beschäftigten.

»Feiern Sie bitte unbeschwert weiter. Ich kümmere mich um die Glücksscherben.« Babs eilte an ihren Kindern vorbei in die Küche, um sogleich mit einem großen Besen wieder zurückzukommen.

Nur ihre Töchter Franka und Bella waren völlig unfähig sich zu rühren. Sie waren am Boden zerstört – im wahrsten Sinne. Franka fühlte sich ausgelaugt, müde. Alle die Anstrengungen der letzten Wochen, Tage und Stunden lasteten auf ihren Schultern und erdrückten sie.

Johanna, die zwischen den beiden kniete, wandte sich ihrer rechten Nachbarin zu. »Kann ich euch helfen, irgendwie?«

»Franka, alles okay? Kann ich was tun?«, hörte Franka eine weitere dunkle Stimme. Rudi.

Franka brachte nur einzelne Wörter raus: »Das … Frühstück … Geschirr … das waren … Mattis … Severin …«

»Auweia, das war auch euer Frühstücksgeschirr?«, fragte Johanna sanft nach.

»Ja.« Franka schluckte. Was sollten sie morgen nur machen?

Doch da hatte Johanna schon die Regie übernommen: »Pass auf, ich kümmere mich um euer Geschirr«, sagte sie ruhig, entschlossen und wie selbstverständlich. »Ein paar Teller, Tassen, Schüsselchen und Kram werde ich in der Nachbarschaft schon auftreiben. Ist kein Problem. Stimmt's, Rudi?«

»Klar!« Rudi räusperte sich und sagte dann: »Und ich werde mit Severin und Mattis reden. Wehe, wenn die das waren. Da sind sie eindeutig zu weit gegangen. Jetzt kracht's!«

»Nicht …«, ächzte Franka und stand mühsam auf. Langsam löste sich ihre Benommenheit. Sie folgte Rudi durch die Küche. Auf Stunk war sie jetzt gar nicht aus.

»Vielleicht waren sie es überhaupt nicht. Wir können gerade wirklich keinen Aufruhr gebrauchen …«

»Wieso?«, fragte Rudi zurück. »Das sieht doch ein Blinder mit Krückstock, dass das kein Zufall ist, wenn gleich zwei Räder auf einmal die Grätsche machen. Welches Zimmer haben die beiden?« Schon stampfte Rudi die Treppe rauf. Mit mulmigem Gefühl gingen Franka und Bella hinterher.

Schon von Weitem hörte man lauten Tumult aus Zimmer zwei.

»Lasst mich!«, drang Vickys Stimme durch die Tür. »Das ist mein Handy!« Die beiden Jungs hatten den dritten Drilling wohl im Schrank entdeckt. Ihre Retter kamen keine Sekunde zu früh.

»Das ist Hausfriedensbruch«, vernahm man Severins hochnäsige Stimme, »wenn man in das Zimmer eines Gastes einbricht!«

Rudi wummerte gegen die Tür. »Mach auf! Ich bin's!«

»Was willst du?«

Rudi ging gar nicht erst darauf ein: »Aufmachen!«

Vorsichtig öffnete sich die Tür einen Spalt weit. Geistesgegenwärtig stellte Rudi sofort einen Fuß hinein. »Wir müssen reden!«

»Ach?«, fragte Severin.

»Ja«, sagte Rudi mit ruhiger, tiefer Stimme. Er überragte Severin um ein paar Zentimeter. »Denn *ihr* habt hier Hausfriedensbruch begangen.«

»Wir?« Severin stellte sich dumm.

»*Ihr* habt doch den Geschirrwagen kaputtgemacht!«, sagte Rudi und schob langsam die Tür auf, sodass Severin zurückweichen musste. Frankas Blick fiel auf Mattis, der mit Vicky um ihr Handy rangelte. Weil er für einen kurzen Moment abgelenkt war, gewann Vicky die Herrschaft über ihr Handy zurück.

»Wenn man halt so Billigmöbel kauft statt von einem echten Deininghofener Schreiner, braucht man sich nicht wundern, wenn die Räder nicht halten …« Severin spuckte die Worte fast in Rudis Gesicht.

Vor Wut stieg ihr das Blut in den Kopf, spürte Franka. Wie dreist war der denn!

Doch Rudi parierte wunderbar: »Dankeschön! Jetzt hast du dich nämlich verraten. Niemand hat bisher was von Rädern gesagt.« Severin wich noch ein Stück zurück, war aber zwischen Rudi, der sich vor ihm aufbaute, und der Wand gefangen. »Wir sind alles Deininghofener, schon vergessen? Seit wann macht ein Deininghofener einem anderen etwas kaputt? Wo lernt man das denn, dass man beim Nachbarn randaliert? Bei uns jedenfalls nicht.«

»Und wo lernt man, dass man seine Sachen nicht im

Dorf kauft? Sondern anderen zu Geld verhilft?«, blaffte Severin zurück.

»Okay.« Franka hatte begriffen, wo sein Problem lag. Sie hatte das dringende Gefühl, vermitteln zu müssen. »Ich rede mit meiner Mutter. Das nächste Mal spricht sie zuerst mit deinem Vater, wenn sie Möbel oder was aus Holz braucht. Es darf dann aber kein Tropenholz sein. Das ist uns nämlich wichtig. Okay?«

Severin grunzte, was Franka mal als Zustimmung interpretierte.

»Und ihr hört endgültig mit diesem Mist hier auf!«, schob Rudi nach. »Ihr sabotiert hier nix mehr. Gar nix. Und ihr macht nix mehr kaputt. Ihr bleibt bis zum Ende der Party in diesem Zimmer und ich passe auf euch auf!«

»Wir bleiben *alle* heute Nacht hier«, knurrte Vicky, die sich ihre roten Handgelenke rieb. »Ich will euch auch im Auge behalten.«

Mattis schmiss sich zurück auf das Bett. »Dann kann ich ja genauso gut weiterspielen.« Es gab noch einen Rums – Vicky plumpste neben Mattis auf die Kissen.

Grosse Schlacht hoch drei

Bis weit nach Mitternacht hatte die Gesellschaft unten gefeiert. Während im Frühstücksraum und an der Bar die Großen lebhaft diskutierten und bis in die Puppen Party machten, hatten sich in Zimmer zwei bei Mattis und Severin alle anderen eingefunden: alle drei Trabbel-Drillinge, Rudi und Johanna. Vicky hatte sich bald Mattis und Serverin und Rudi angeschlossen. Sie saß mit ihnen auf dem Doppelbett und spielte Handyspiele. Den Kommentaren nach zu urteilen war sie um einiges geschickter als die Jungs.

Sogar Onkel Flo, der keine Lust auf Erwachsenen-Gespräche hatte, zockte mit. Irgendwann hatte Franka die Reste ihrer köstlichen Dominosteine und Pralinen nach oben geschleppt. Als Friedensangebot sozusagen.

Johanna war erst spät zu ihnen gestoßen und hatte

vorher aus der eigenen Küche zehn Teller und ein paar Schüsseln angeschleppt. Für den kommenden Morgen hatte sie gemeinsam mit ihren Eltern noch mehr Geschirr organisiert. Die Eltern von Mattis und Severin hatten Johannas Papa Konrad wohl versprechen müssen, den Schaden wiedergutzumachen, den ihre Söhne angerichtet hatten. Dankbar hatte Franka ihrer Freundin ihre eigene heiße Feierabend-Schokolade hingeschoben.

»Im Ernst, Franka«, sagte schließlich Johanna. Sie war begeistert. »Ich habe noch nie eine Schokolade getrunken, die so lecker war wie deine. In der könnte ich baden.«

»Da hast du ihren Schokobrunnen noch nicht probiert. Da kann man dann wirklich in ihrer Wahnsinnsschoki baden«, meinte Bella. Aus ihrem Glas kamen laute Schlürfgeräusche. »Apropos… ich finde ja, dass wir uns nach all den Anstrengungen morgen einen Schokobrunnen verdient haben, Franka.«

»Außerdem will ich auch was von den Kilos an Schokolade haben, die ich hier anschleppen musste«, murmelte Onkel Flo und tippte gleichzeitig wild auf seinem Display, um irgendwelche Türme abzuschießen. »Verdammt, Vicky, lass mich wenigstens einmal gewinnen!«

»Na gut, morgen zum Frühstück gibt's Schokobrunnen«, seufzte Franka. »Das haben wir uns wirklich verdient.« Damit sah sie direkt Johanna und Rudi an – die Helden des Abends. Es sah so aus, als hätte sie nach alledem doch Freunde gefunden in Deininghofen.

Als um ein Uhr Franka und Johanna die Augen vor Müdigkeit immer wieder zufielen, hatte Franka noch einen außergewöhnlichen Vorschlag für ihre neue Freundin: Sie sollte nicht in irgendeinem Hotelzimmer schlafen, sondern bei ihr, in ihrem Zimmer. Schließlich gehörte Johanna nun irgendwie zur Familie und war nicht irgendein Gast.

Vicky, Onkel Flo und die Jungs dachten sowieso noch nicht daran, mit ihrem Um-die-Wette-Zocken aufzuhören. Nur Bella war ebenso müde wie ihre Schwester und fragte, ob sie nicht alle gemeinsam im Doppelbett schlafen wollten, Franka, Johanna und sie.

Franka sah fragend ihre neue Freundin an. War Johanna das recht? Die grinste: » Ich schätze, wenn man mit einer von euch befreundet ist, hat man euch alle drei an der Backe, oder?«

»Noch viel mehr! Die ganze Familie Trabbel!«, lachte Franka.

Am kommenden Morgen stand Franka schon um fünf Uhr auf. Mit Babs gemeinsam das Frühstück vorzubereiten war schließlich Ehrensache. Noch vor dem Sturmläuten um sechs Uhr war das Buffet mit allen Köstlichkeiten, die ihre Küche so hergab, aufgebaut: Bircher Müsli, ofenwarme Brioches, kleine Törtchen, selbstgemachtes Bio-Kompott und frisches Obst. Auch der Schokobrunnen lief schon warm und wartete auf die ersten Gäste.

Nur Bella und Vicky waren zur Stelle, als um halb sieben Uhr die offizielle Frühstückszeit begann. Sie packten kräftig mit an, kochten Kaffee und pressten frischen Orangensaft. Rudi, Eleonore, Babs und Flo schliefen noch, ebenso die meisten Hotelgäste. Doch um Punkt 7:30 Uhr brach eine ganze Lawine über das Hotel herein.

Johanna kam mit mehr als zwei Dutzend Leuten aus Deininghofen im Schlepptau. Alle hatten nicht nur Berge an Geschirr mitgebracht, sondern auch ihre Vorratskammern geleert. Die Ortsbäuerin schleppte eine Palette Eier und einen Kübel stallfrische Milch an, Johannas Vater Konrad einen dicken Laib Käse (»Vegetarisch!«, sagte er mit einem Augenzwinkern zu Babs.) Die Bäckerei Ruf stiftete Brötchen, Croissants und Gebäck, die Schreinerei Mack zwei Kisten Bio-Säfte.

Wie für eine richtige gemeinsame Party hatten alle etwas mitgebracht – selbstgemachte Marmelade, Holundersirup, Kekse, Getränke. Sogar Blumen.

Vorsorglich hatte Johanna auch an Klappstühle gedacht. Ihr Vater trug noch Biertische auf die Trabbel-Terrasse. Dort war es zwar bitterkalt, aber trotzdem mussten einige Leute dahin ausweichen, denn der Strom an Deininghofener Besuchern wollte und wollte nicht abreißen. Franka und Bella kamen in der Küche mit Kakao und Cappuccinos nicht mehr nach, die Babs und Vicky servierten.

Das ausgiebige Acht-Uhr-Läuten vom Kirchturm konnte keiner der Gäste mehr hören, so laut ging es jetzt im Frühstücksraum zu. Der Schokobrunnen gluckste unaufhörlich und war die Attraktion vor allem für die jüngeren Deininghofener Kinder, die in kürzester Zeit einheitlich bis an die Ellenbogen schokoladenverschmiert waren.

Auch Mattis und Severin, Rudi und Johanna hatten ihrerseits verdächtig dunkle Lippen. Bald waren alle Schoko-Vorräte von Franka bis auf den letzten Krümel aufgebraucht.

Johanna hatte sich extra ganz nah postiert. Von allen begeisterten Deininghofenern schwärmte sie am lautesten: »Das ist wirklich eine Schokolade, in der man baden könnte.« Franka, die für eine kurze Verschnaufpause mit Vicky den Küchendienst getauscht hatte, strahlte und hielt ein Stück Apfel unter den warmen Schokoladenstrom. Ihr erster Bissen eigenes Frühstück.

»Eigentlich müsste ich nur für dich einen ganz eigenen Schokobrunnen anschmeißen. Du ahnst nicht, wie glücklich Babs über diese Willkommens-Party ist. Wie hast du nur alle dazu gebracht, doch noch bei uns vorbeizukommen und etwas mitzubringen?«

»Das«, grinste Johanna und hielt selbst noch einen Apfelschnitz unter den Strom, »bleibt ein Geheimnis von meinem Vater und mir.«

Noch bevor Franka irgendwie darauf antworten konnte, hatte sie jemand angetippt. Die Reporterin! Franka fiel vor Schreck ihr Apfel in den Schokobrunnen.

»Ich muss gleich weg. Unsere allerletzte Chance für unser schönes Interview. Was hältst du von der Headline: ›Bei Zwillingen zu Hause‹?«

Franka erstarrte. Ihr fiel beim besten Willen nicht mehr ein, wie sie die Reporterin jetzt noch abwimmeln sollte. »Also …«

Und noch einmal erwies sich Johanna als Retterin in der Not. »Haben Sie denn die Erlaubnis von Frankas Mutter?«, fragte sie.

Die Reporterin wich aus. »Äh, eigentlich …« Offensichtlich war das genau die richtige Frage.

»Dann fragen wir sie doch einfach!« Mit ihrer ruhigen Art strahlte Johanna der Frau gegenüber, die bestimmt mal 15 Jahre älter war, trotzdem so etwas wie Autorität aus. Die Reporterin kam mit – ohne auch nur eine Spur von Protest.

Natürlich war Babs Medienfrau genug, um diese brenzlige Situation sofort einzufangen: »Wissen Sie, wenn Sie meine ganze Familie interviewen wollen, dann haben Sie heute noch einiges vor. Denn meine ganze Familie, die sehen Sie hier.« Babs machte eine ausladende Bewegung in Richtung Frühstücksgesellschaft. »Sie müssten also mit jedem einzelnen Deininghofener hier sprechen …«

Wie zufällig hatte sich Gastgeberin Babs bei der Reporterin untergehakt. So, als wäre sie ihre beste Freundin, führte sie sie von Johanna und Franka weg und zum Bürgermeister hin, der mit angestrengter Miene ein Glas Tomatensaft trank.

»Unser Bürgermeister Breitstetter hier gehört praktisch schon zu unserer Familie, nicht wahr?« Von weitem sah Franka, wie der Bürgermeister seinen Gesichtsausdruck umschaltete – von ziemlich müde auf ziemlich pressetauglich. »Ja, dieses Hotel ist ein echtes Juwel für unser Dorf. Ebenso wie die Familie von Trablinburg, die hier ihre Wurzeln …«, fing dieser sofort das Schwadronieren an.

Eine gute Gelegenheit für Franka, sich schnell in die Küche zu verdrücken. Dort hatte sich mittlerweile auch Onkel Flo eingefunden, der übernächtigt und mit kleinen Augen einen dreifachen Espresso verlangte. »Für jeden Drilling einen!«

Franka gönnte sich selbst noch eine klitzekleine heiße Schokolade, eine mit Tonkabohnen- und Karamell-Aroma.

»Meine letzte Schokolade«, jammerte sie.

»Was? Du hast die ganzen fünf Kilo aufgebraucht, die ich mitgebracht habe?«

»Alle Reste sind im Schokobrunnen. Und der läuft bald auch nicht mehr, weil uns die Schokolade ausgegangen ist.«

»Was ist eigentlich mit Mattis und Severin? Wo stecken die?«, fragte Bella, die die Spülmaschine ausräumte. »Die werden doch nicht schon wieder …«

»Ich dachte ja, sie seien endgültig zur Vernunft gekommen«, sagte Vicky. »Meint ihr, wir sollten ausschwärmen und nachsehen? Nur sicherheitshalber?«, meinte Franka.

»Schaden kann's bestimmt nicht. Außerdem kann

dann vielleicht mal jemand Eleonore wecken, die alte Schlafmütze …« Flo wollte gerade gehen, als Rudi seinen Kopf zur Tür hereinsteckte.

»Franka, ich glaube, ihr solltet mal kommen! Alle!«

»Sind die Pressefuzzis schon alle weg?« Franka war immer noch wachsam.

»Alle weg. Nur noch Deininghofener im Raum«, beruhigte sie Rudi. »Ihr *müsst* kommen!«

Rudi sollte recht behalten, keine der Drillinge hätte diesen Auftritt verpassen mögen. Mitten im Frühstückssaal standen Severin und Mattis. Beide bis an die Nase beladen mit mehreren Paletten Schokonikoläusen. Der Blick ging beschämt zum Boden.

»Euch ist doch die Schokolade ausgegangen!«, brachte Severin gepresst hervor.

»Meine Mutter hat die hier gespendet«, sagte Mattis und klang nicht gerade froh dabei. »Als erste Wiedergutmachung. Sozusagen. Alles Bio, soll ich sagen.«

Völlig perplex standen Franka, Vicky und Bella da. Sie konnten kaum fassen, dass sogar Severin und Mattis ihren Teil zur Party beitragen sollten. Die streckten ihnen wortlos die Paletten entgegen.

Als Erste fasste sich Franka. »Danke schön. Die Schokolade können wir wirklich gut gebrauchen«, sagte sie. Sie sparte sich einen Vortrag darüber, wie hoch der

Milchanteil wohl wäre und ob die Schokolade aus nachhaltigem Kakaoanbau kam. Solcherlei Pingeligkeiten kamen in Deininghofen nicht gut an. Diese Lektion hatte sie mittlerweile gelernt.

Es war der Wahnsinn, die Leute aus dem Dorf schienen trotz der vielen Köstlichkeiten vom Buffet immer noch Appetit zu haben. Vor allem die Kinder wollten nicht mehr länger warten. Stattdessen stürmten sie die Küche, wo die Trabbel-Drillinge am Herd standen. Franka kam gerade noch dazu, den randvoll gefüllten Topf aus dem heißen Wasserbad zu heben und auf den letzten freien Platz am Tisch hinzustellen.

Und dann nahm jeder das, was er vom abgeräumten Buffet gerade greifen konnte und stippte seine Beute in die Schokolade. Als das Brot, die Brioches, der Zwieback und die Croissants aufgefuttert waren, griff die Meute sogar zu Paprikaschnitzen, Gurken-, Sellerie- und Karottenstangen. Und als das ausging, nahmen die Kinder die blanken Finger, die sie abschleckten.

Es war knalleng, jeder drängelte nach vorn, um in den Topf zu stippen. Dass da der Erste seine Finger an Nachbars T-Shirt abwischte, war nicht verwunderlich. Und dass der dann das Gleiche mit seinem Freund tat, auch nicht. Und auch, dass die Nachbarn des Nachbarn das nachmachten und die Nachbarn des Nachbarn des zuerst betroffenen Nachbarn …

In kürzester Zeit war eine regelrechte Schokoschlacht im Gange, wie sie heftiger kaum ausfallen konnte. Mattis und Severin schienen wieder in ihrem Element und teilten am meisten Schokoladenpatscher aus. Nur von Vicky hielten sie sich fern, denn die war ebenso gut im Austeilen.

Mitten in dem Trubel malte Bella Johanna schicke daumendicke Augenbrauen mit Schokolade und tupfte ihr die Lippen braun.

»Die schöne Schokolade!«, hatte Franka beim Ausbruch der Schlacht noch gerufen. Aber ganz offensichtlich hatten alle ihre helle Freude daran, die letzten Topfreste kreativ unters Volk zu bringen. So verkniff sie sich jeden weiteren Oberlehrerspruch.

Außerdem musste sich Franka sowieso eines Angriffs von Rudi erwehren, der sich von hinten angeschlichen hatte und ihr aus dem Hinterhalt eine dicke Portion Nikolausschokolade auf die Nase klatschte. Sie verteidigte sich mit zwei kleinen Schoko-Ohrfeigen links und rechts auf Rudis Wange. Rudi lachte nur. Schließlich tauchte er den Finger in den Topf und sagte zu Franka: »Ich werde euch jetzt jeder den Namen auf die Stirn schreiben, damit wir euch endlich auseinander halten können. Wer bist jetzt du gleich wieder? Ich merke mir immer nur Franka.«

Franka bot ihm die Stirn: »Ich bin Franka.«

Rudi malte ihr den Anfangsbuchstaben auf die Stirn.

Doch Franka saß der Schalk im Nacken: »Oder vielleicht bin ich doch Vicky?«

Rudi sah sie zweifelnd an, wischte ihr aber das F wieder ab und malte ein V.

»Oder doch Bella?«

Rudi hielt inne. Dann wischte er das V weg und schrieb stattdessen: T-R-A-B-B-E-L.

»So stimmt's immer!«

Während die ausgiebige Schokoschlacht um sie herum immer weiterging, gesellte sich eine Johanna mit dicken Schoko-Sommersprossen zu ihnen: »Franka! Das ist die beste Party, die seit Menschengedenken in Deininghofen gefeiert wurde!«

Ein kleiner Batzen Stolz klebte auf Frankas Brust.

Nur Rudi sah seine Schwester ungläubig an: »Woher weißt du eigentlich, wer wer ist? Die Trabbels sehen doch alle gleich aus?«

»Nein«, gab Johanna zurück. »Ich weiß schon seit ganz Langem, dass Franka da…« Sie tippte ihr außen an die linke Augenbraue »…ein Muttermal hat. Man muss eben nur genau hinsehen!«

»Ach!« Doch bevor die ganze Situation für Franka peinlich werden konnte, streckte Babs ihren Kopf in die Küche.

Ups. Die Küche schien über und über in Schoki getaucht worden zu sein. Nicht nur die Fliesen, der Herd und die Espressomaschine, auch die Wände hatten den einen oder anderen Spritzer abbekommen. Die Schränke, der Kühlschrank und Backofen wiesen unzählige braune Fingertapser auf.

Jede andere Mutter wäre sofort und ohne Umschweife in Ohnmacht gefallen. Babs, die glorreiche Babs hingegen blieb seelenruhig. Dass die Kinder in ihrem Hotel auf ihre Weise Spaß hatten, schien sie sogar zu freuen. »Bloß gut, dass wir die Küche noch nicht streichen konnten. Jetzt lohnt sich der Aufwand doppelt!«

Babs war wirklich die gelassenste Hotelchefin der Welt, fand Franka. Und den extrastarken Aufwach-Kaffee, den Babs für ihre Mutter Oma Eleonore orderte, brühte Franka gern für sie auf. Sie lieferte ihn sogar höchstpersönlich an die Bar, wo endlich, zur späten Mittagsstunde, auch Oma Eleonore saß. Frisch geschminkt und frisiert. Sogar den fliederfarbenen Hut hatte sie zu Ehren des Bürgermeisters aufgesetzt. Als Franka das Tablett brachte, fingerte Breitstetter gerade an Omas Hut herum.

»Also … was haben wir denn hier?«, fragte er und pflückte eine tote Kakerlake aus dem Hutnetz.

Oh Schreck! Das Tablett in Frankas Hand begann gefährlich zu zittern.

Aber Eleonore reagierte cool wie immer.

»Ach die«, sagte sie nur und man musste sie schon Trabbel-genau kennen, um zu merken, dass sie gerade flunkerte, »die ist nur von meiner letzten Deko zu Halloween übriggeblieben.« Sie kicherte fröhlich wie ein kleines Mädchen, nahm die Handtasche aus der Armbeuge und versenkte darin ohne größeren Aufhebens die Kakerlake.

Bürgermeister Breitstetter blickte erst ein bisschen verdattert, dann aber begann er aus vollem Bauch zu lachen: »Ach, ihr Trablinburgs! Eine verrückter als die andere! Ich hab da so eine Ahnung, dass wir mit euch in Deininghofen noch viele Überraschungen erleben werden.«

»Mein lieber Franz«, ließ sich Eleonore vernehmen und strich sich eine Pinksträhne aus der Stirn, »darauf kannst du wetten! 200 Millionen zu eins.«

Epilog

Frankas heisse Schokolade

Zutaten:

- 200 g Lieblingsschokolade (am besten eine mit hohem Kakaogehalt und wenig Zucker)
- 80 g brauner Rohrzucker
- 1 Messerspitze Bourbon-Vanille gemahlen
- Gewürze nach Belieben und Laune: 1 Prise Zimt, 1 Prise Lebkuchengewürz, 1 Prise Kardamom
- Für die Deko nach Belieben: Lavendel oder Blütenzucker, Kakao, Spekulatiusgewürz. Franka liebt auch einen Schuss Haselnusssirup in ihrer Schokolade.
- 4-5 hohe Gläser
- Später: Vollmilch, am besten gleich aus Deininghofen oder vom Bauer in der Nähe

Wer mag, kann natürlich, wie Franka, alle Zutaten auch in Bio-Qualität verwenden

So wird's gemacht:
Zuerst die Schokolade im Wasserbad schmelzen. Dabei darf sie nicht wärmer als 40 Grad werden, sonst wird sie grau und ist nicht mehr so lecker. Wenn sie vollständig geschmolzen ist, Zucker und Gewürze darin auflösen. Der Zucker kann ruhig ein bisschen körnig bleiben. Die Gläser mit einem Pinsel von innen dick mit der Schokomasse auskleiden. Trocknen lassen. Wem das zu viel Kleckserei ist, der kann die Schokomasse auch ganz in kleine Cupcake-Formen gießen und einen kleinen Holzlöffel hineinstecken. Die fest gewordenen Würfel werden dann aus dem Förmchen gelöst und in heißer oder geschäumter Milch aufgelöst.
Und bei der Schokolade im Glas geht es so weiter: Wann immer einem danach ist, Milch heiß aufschäumen und in die fertigen Gläser gießen. Man kann entweder die leckere Schokolade mit einem langen Löffel rausschaben und mit einem kleinen Milchschaum-Häubchen genießen oder man rührt länger um – dann ist es eine richtige heiße Schokolade.
Je nachdem, wie Ihr mögt, könnt Ihr mit verschiedenen Sirups, Schokospänen, Liebesperlen oder exotischen Gewürzen den Kakao noch verfeinern.

Schokoladentarte ganz ohne Mehl

Zutaten:

- 300 Gramm Butter
- 400 Gramm Schokolade mit 70 % Kakaoanteil
- 8 Eier
- 1 Messerspitze gemahlene Bourbon-Vanille
- 100 g Zucker
- Zusätzlich nach Belieben und Laune: 1 Prise Zimt oder/und 1 Prise gemahlener Kardamom oder 1 Prise Lebkuchengewürz
- Zum Dekorieren: ein paar Chilifäden oder zerstoßene rote Pfefferkörner.

So wird's gemacht:

Die Eier mit dem Zucker schaumig schlagen, während die Schokolade und die Butter zusammen im Wasserbad schmelzen. Wenn sie geschmolzen sind, werden die Vanille und die weiteren Gewürze daruntergehoben.
Die Schokoladenmasse kurz abkühlen lassen, und wenn sie nur noch handwarm, aber flüssig ist, unter die Ei-Zuckermasse heben. In eine Tarte-Form mit 28 Zentimeter Durchmesser füllen. Wenn Ihr wollt, dass sich die Tarte nach dem Backen besser von der Form löst, dann könnt Ihr die Form auch vorher mit Backpapier aus-

kleiden, bzw. eine Springform mit gleichem Durchmesser verwenden.
Dic Form kommt in den auf 190 Grad vorgeheizten Backofen. 18-24 Minuten backen. Abkühlen.
Und voilà: fertig.
Am besten, sagt Franka, schmeckt die Tarte noch am gleichen Tag – und ohne, dass sie einen Kühlschrank von innen gesehen hat.

Anja Janotta, geboren 1970, verbrachte ihre Kindheit in Saudi-Arabien und Algerien und wusste bereits früh, dass sie Kinderbuchautorin werden wollte. In München studierte sie zunächst Diplom-Journalistik und arbeitet heute als Online-Redakteurin. Seit ihre beiden Kinder Leser und Zuhörer geworden sind, hat sie ihren Traum verwirklicht und schreibt Kinderbücher. Anja Janotta lebt mit ihrer Familie an einem See in Oberbayern.

Von Anja Janotta sind bereits erschienen:

Linkslesestärke (16339)

Linkslesemut (16340)

Der Theoretikerclub (16435)

Der Theoretikerclub und die Weltherrschaft (16469)